BOOKSHOTS

113 MINUTOS

113 MINUTOS

JAMES PATTERSON
con MAX DiLALLO

OCEANO exprés

Los personajes e incidentes de este libro son resultado de la ficción. Cualquier semejanza con personas reales, vivas o muertas, es mera coincidencia ajena al autor.

113 MINUTOS

Título original: *113 Minutes*

Publicado en colaboración con BookShots, un sello de Little, Brown & Co., una división de Hachette Book Group, Inc. El nombre y logotipo de BookShots son marcas registradas de JBP Business, LLC.

Traducción: Sonia Verjovsky Paul

Portada: © 2016, Hachette Book Group, Inc.
Diseño de portada: Kapo Ng
Fotografía de portada: Stephen Carroll / Arcangel Images

D.R. © 2017, Editorial Océano de México, S.A. de C.V.
Eugenio Sue 55, Col. Polanco Chapultepec
C.P. 11560, Miguel Hidalgo, Ciudad de México
Tel. (55) 9178 5100 • info@oceano.com.mx

Primera edición: 2017

ISBN: 978-607-527-332-7

Impreso en México / *Printed in Mexico*

3 MINUTOS, 10 SEGUNDOS

EL INSTINTO DE UNA madre de proteger a su hijo es la fuerza más poderosa del planeta.

Justo ahora estoy que reviento con ese instinto. Me abruma. Me hace temblar.

Mi hijo, mi precioso hijito, está lastimado. O, Dios quiera que no, algo peor.

No conozco los detalles de lo que ocurrió. Ni siquiera sé dónde está.

Sólo sé que debo salvarlo.

Piso los frenos. Las llantas de mi vieja Dodge Ram rechinan como el demonio. Una de ellas se estrella en la acera y me lanza con fuerza hacia delante, contra el volante. Pero estoy tan insensible por el temor y el pánico que apenas percibo el impacto.

Sujeto la manija de la puerta… pero me detengo y cuento hasta tres. Me obligo a respirar profundamente tres veces. Me persigno: tres veces de nuevo.

Y ruego poder encontrar a mi hijo pronto… *en tres minutos o menos.*

Salgo de un brinco y comienzo a correr. Más rápido de lo que me haya movido en mi vida.

Oh, Alex. ¿Qué has hecho?

Es tan buen chico, tan listo. Un chico fuerte, además... en especial con todo por lo que nuestra familia ha atravesado. No soy una madre perfecta, pero siempre me he esforzado. Tampoco Alex es perfecto, pero yo lo amo más que a nada en el mundo. Y estoy tan orgullosa de él, tan orgullosa del joven en el que se está convirtiendo.

Sólo quiero verlo de nuevo... *seguro*. Daría lo que fuera por eso. *Lo que fuera.*

Alcanzo las puertas delanteras del edifico de dos plantas con fachada de ladrillos. Por encima de éstas cuelga un descolorido estandarte verde y blanco que debo haber leído miles de veces ya:

PREPARATORIA HOBART: HOGAR DE LOS PIRATAS.

Podría ser cualquier otra escuela en Estados Unidos. Sin duda, cualquiera en el sofocante calor del oeste de Texas. Pero dentro, en alguna parte, está mi hijo. Y, Dios me libre, iré por él.

Cruzo las puertas a toda velocidad... *¿pero adónde diablos debo ir?*

He pasado más horas en este edificio de las que pueda contar. Demonios, me gradué de esta escuela hace casi veinte años. Pero, de repente, el espacio me resulta extraño. Desconocido.

Comienzo a correr por el pasillo central. Aterrada. Desesperada. Frenética.

Oh, Alex. De quince años, es apenas un niño todavía. Adora las historietas... en especial las de más tradición, como Batman y Spider-Man. Adora los videojuegos, cuanto más delirantes, mejor. Adora estar al aire libre también. En especial disparar y pescar; viajar en su moto de montaña –azul brillante, su color favorito– por los campos petroleros abandonados con sus amigos.

Pero mi hijo también está por ser un adulto. Ha estado llegando a casa cada vez más tarde, en especial los viernes y sábados. Comenzó a pasearse por el barrio en los autos de sus amigos. Apenas hace unas semanas –no le dije nada, estaba demasiado conmocionada– pude oler cerveza en su aliento. Los años de adolescencia pueden ser tan duros. Recuerdo mi propia etapa escabrosa. Sólo espero haberlo criado lo suficientemente bien para que salga de ella sin problemas...

–¡Alex! –grito, y mi voz aguda hace eco por la hilera de los casilleros de metal.

El mensaje provino del teléfono de Alex –Señorita Molly, soy Danny–, pero había sido escrito por su mejor amigo desde sus años de escuela primaria. Siempre me agradó Danny. Venía de una buena familia. Pero se rumoraba que había comenzado a tomar malas decisiones. Me preocupaba que presionara a Alex a seguir su camino.

En el momento en que leí el mensaje, supe que lo había hecho.

Alex tomó demasiado. No respira. Venga rápido a la escuela.

Sin darme cuenta, ya conducía por la ruta 84 en mi camioneta, digitaba el número de teléfono de Alex y maldecía cuando no obtenía respuesta. Intenté llamar al director de la escuela, a mis hermanos, al 911.

Entonces elevé una plegaria, pedí un favor de Dios.

–¡Alex! –vuelvo a gritar, aún más fuerte, a nadie y a todos–. ¡¿Dónde estás?!

Pero al pasar junto a ellos, los estudiantes sólo me miran embobados. Algunos me señalan y se burlan. Otros me apuntan con sus teléfonos y toman video de una señora enloquecida que cruza su escuela como una lunática.

¡¿No saben lo que está pasando?! Cómo pueden estar así, tan...

Espera. Los rumores corren entre adolescentes con más velocidad que un incendio forestal, y hay demasiado silencio. Quizá no lo sepan.

Debe estar en la segunda planta.

Me dirijo a la escalera más cercana y asciendo ferozmente por las escaleras. Comienzan a arder los pulmones y el corazón bombea a toda marcha. Al llegar arriba, el camino se parte en dos.

Maldición, ¡¿en qué dirección, dónde está?!

Algo me dice que siga por la izquierda. Quizá mi intuición de madre. Quizás un estúpido golpe de suerte. Sea como sea, escucho.

Ahí, al fondo, una multitud se congrega afuera del baño de hombres. Chicos y maestros. Algunos gritan. Otros lloran. Todos son presa del pánico.

Como yo.

–¡Soy su mamá! –me abro paso a empellones–. ¡Muévanse! ¡Fuera de mi camino!

Primero veo las piernas de Alex, abiertas flácidas y torcidas. Veo sus Converse, con las suelas envueltas en cinta plateada, por lo visto algún tipo de tendencia de la moda. Reconozco el viejo par de andrajosos Levi's que llevaba puestos al desayunar esta mañana, en los que cosí un nuevo parche la semana pasada. Puedo distinguir una colorida historieta que se asoma enrollada desde su bolsillo trasero.

Y entonces miro su brazo derecho, estirado sobre el suelo. Sus dedos inertes aferran una pequeña pipa de vidrio con la punta redonda carbonizada.

Oh, Alex, ¿cómo pudiste hacer esto?

Su maestra titular, la enfermera de la escuela y un hombre más o menos joven y en forma, a quien no reconozco y quien viste una camiseta de beisbol de HHS, están encorvados sobre su cuerpo y realizan la maniobra RCP frenéticamente.

Pero soy *yo* quien no puede respirar.

–No, no, no... ¡Alex! ¡Mi pobre bebé...!

¿Cómo pudo suceder esto? ¿Cómo lo permití? ¿Cómo pude haber estado tan ciega?

Las rodillas comienzan a ceder. Siento la cabeza ligera. La vista me da vueltas. Empiezo a perder el equilibrio...

–Molly, tranquila, te tenemos.

Siento que cuatro manos fuertes me toman por detrás: Stevie y Hank, los mejores hermanos mayores que pudiera pedir una chica. Tan pronto como llamé para contarles lo ocurrido, salieron a toda prisa rumbo a la escuela. Son mis soportes. A quienes necesito ahora más que nunca.

–Va a estar bien –susurra Hank–. Todo va a estar bien.

Sé que son sólo palabras al viento, pero son palabras que necesito escuchar y creer desesperadamente. No tengo la fuerza, ni la voluntad, para responder.

Dejo que él y Stevie me mantengan firme. No puedo mover ni un solo músculo. Tampoco puedo quitar los ojos de encima a Alex. Luce tan delgado, tan débil. Y joven. Tan vulnerable. La piel pálida como una hoja de papel. Los labios moteados de saliva espumosa. Los ojos como esferas de vidrio sumidas en fango.

–¡¿Quién le vendió esa mierda?!

Stevie se gira para mirar a la multitud, escupiendo ira candente. Su voz retumba a través del pasillo.

–¡¿Quién hizo esto?! ¡¿Quién?!

Al instante, la multitud enmudece. Stevie, un infante de marina jubilado, es así de aterrador. No se puede escuchar un solo sonido... excepto por el ulular de una sirena de ambulancias.

–¡Más vale que alguien hable ahora!

Nadie se atreve a abrir la boca, nadie siquiera respira.

Pero no *necesitan* hacerlo.

Porque mientras veo cómo el último aliento de vida se escapa fuera del cuerpo de Alex, mi vida cambia y se opaca para siempre, sé que conozco la respuesta.

Sé quién mató a mi hijo.

2 MINUTOS, 45 SEGUNDOS

EL VIEJO JEEP TIEMBLA lentamente por una larga y polvorienta carretera, como un guepardo que acecha a su presa. Una sinfonía de grillos llena el cálido aire nocturno. A la distancia suena el silbato de un tren. La única luz en kilómetros es una pálida astilla de luna.

Stevie Rourke aferra el volante con ambas manos. Tiene la vista fija al frente. Es un antiguo sargento del Cuerpo de Marines, tiene cuarenta y cuatro años de edad, mide dos metros y pesa 113 kilos de músculo sólido. Es un hombre tan leal con sus amigos y familia que se lanzaría a las puertas del infierno por ellos, y lucharía con el mismísimo diablo para salvarlos.

Hank Rourke, esbelto y enjuto, unos cuantos años más joven, con una devoción similar pero de mecha mucho más corta, está sentado en el asiento del copiloto... alimentando de munición su arma.

–Estamos a menos de 180 segundos –comunica Stevie.

Hank gruñe para mostrarse de acuerdo.

Los dos hermanos viajan en tenso silencio durante el resto

del breve viaje. No necesitan palabras. Ya discutieron su plan y saben exactamente lo que harán.

Enfrentar a ese hijo de perra bueno para nada que mató a su sobrino de quince años.

Tanto Stevie como Hank amaban a ese niño. Lo amaban como si fuera propio. Y Alex los amaba a ellos también. El borracho inútil del marido de Molly se había largado cuando el niño apenas era un bebé. Pero nadie había derramado lágrimas. Ni entonces ni después. Molly retomó su nombre de soltera para ella y Alex. Todos los Rourke vivían juntos en la enorme granja familiar, y al no tener hijos propios, Hank y Stevie desplegaron su atención sobre el niño. El vacío que dejó una porquería de padre fue llenado por dos tíos increíbles. Claramente Alex había salido vencedor en la ruleta de la vida.

Hasta hoy. Cuando su tiempo llegó a su desgarrador fin.

Los dos hermanos abandonaron sus deberes tan pronto como recibieron el llamado de Molly. Acudieron juntos directamente a la escuela, con la camioneta que traqueteaba a ciento sesenta kilómetros por hora. Confiaban en que todo se resolvería....

Pero se habían preparado para lo peor.

Los médicos y el departamento del alguacil consideraban la muerte de Alex como un accidente. Al menos por ahora. Dos chicos más que se comportaban como chicos de su edad, y que se metieron con mierda que no supieron controlar.

Pero era un accidente que no tendría que haber ocurrido.

Y alguien iba a pagar.

Su destino entra a la vista pronto: un grupo de edificios

bajos de madera y metal que parecen resplandecer bajo el calor abrasador del desierto. Hank observa la zona con un par de binoculares color verde militar.

–No veo a nadie patrullando el área. Quizá podamos acercarnos a él sin ser vistos, después de todo.

Stevie niega con la cabeza.

–Ese bastardo sabe que estamos en camino.

El Jeep se detiene frente a una verja oxidada que rodea el perímetro de una propiedad salpicada de arbustos secos y árboles de follaje ralo. Al final de la corta entrada hay una pequeña choza en ruinas. El hombre que buscan vive adentro.

Stevie guarda su Glock 19 tras el cinturón en su espalda, y sale primero del Jeep. El ardiente aire del desierto lo recibe con la fuerza de un semirremolque. De inmediato lo inundan memorias de las operaciones encubiertas nocturnas que dirigió durante la Tormenta del Desierto. Pero esa era una tierra lejana, donde hace más de dos décadas había servido con honor y distinción.

Esta noche está en el condado de Scurry, en Texas. No tiene a un escuadrón de élite como respaldo. Sólo a su hermanito irascible.

Y hay algo mucho más en juego que el deber con la patria. Ahora es personal.

–Pon una mano en mi reja, Rourke, y la extrañarás por siempre.

El viejo Abe McKinley está en pie bajo su cobertizo y apunta temblorosamente una enorme Colt Anaconda con empuñadura de madera. Con su salvaje melena de cabello blanco y dientes ennegrecidos, luce imponente para contar sólo setenta y cinco años, o del carajo para tener sesenta.

Pero Stevie no se amilana con facilidad, ni retrocede.

–Quiero hablar contigo, Abe. Nada más.

–Entonces dile a tu hermanito que se espabile y baje su juguete.

–De acuerdo, si ordenas lo mismo a tu gente.

Abe resuella. *Ni lo pienses.*

Stevie se encoge de hombros. Valía la pena intentarlo.

–Entonces al menos ordena –continúa– que dejen de fingir ocultarse.

Tras un gesto renuente de cabeza del anciano, Hank lanza su escopeta Remington de vuelta al Jeep. De inmediato, catorce de los matones de McKinley, todos ocultos alrededor del complejo, emergen lentamente de las sombras. Algunos estaban agazapados detrás de los arbustos. Otros, tras los árboles. Unos cuantos estaban tendidos en la hierba alta que cubre la mayor parte de las diez hectáreas propiedad de McKinley.

Cada uno de los hombres viste camuflaje completo de cacería y un pasamontañas, y aferra un arma semiautomática.

Stevie tenía razón. Ese bastardo *sí* que lo esperaba.

–Ahora, entonces –Stevie se aclara la garganta–. Como decía...

–Siento lo del niño de tu hermana –lo interrumpe McKinley. No es de los que gustan de los rodeos. Escupe un espeso chorro de jugo de tabaco en la tierra–. Es una tragedia.

Stevie se traga la rabia ante esa intencional señal de absoluta falta de respeto.

–Puedo ver que estás destrozado. Por perder a todo un potencial cliente.

McKinley no cede terreno.

–No sé a qué te refieres. Si estás sugiriendo que yo tuve algo que ver con...

Ahora es Hank el que interrumpe. No puede guardar la compostura.

–¡Has envenenado cuatro condados con el cristal que cocinas! –grita, y da un paso adelante. Los hombres de McKinley levantan sus armas, pero Hank no se inmuta.

–Eres el principal traficante de aquí hasta Lubbock, y todos lo saben. Quiere decir que uno de ustedes –Hank fulmina con la mirada a cada uno de los hombres armados, uno por uno, cuyos dedos cosquillean sobre los gatillos– vendió a nuestro sobrino la mierda que lo mató. ¡Ustedes pusieron una granada en manos del niño!

McKinley se limita a gruñir. Luego da media vuelta y avanza hacia el interior de su casa.

–Stevie, Hank, gracias por pasar a verme. Pero no vuelvan a hacerlo. O terminaran allá atrás con los perros.

Como un disparo de rifle, *¡crac!*, resuena el mosquitero al cerrarse frente a su puerta.

4 MINUTOS, 45 SEGUNDOS

MAÑANA SE CUMPLEN DIEZ días exactos desde que mi hijo Alex murió frente a mis ojos.

No puedo creerlo. Parecen sólo diez minutos.

Todavía recuerdo con tanta claridad a los dos paramédicos de rostro lozano que llegaron a toda prisa por el pasillo y lo levantaron en camilla. Recuerdo el viaje vertiginoso en ambulancia al hospital del condado, cómo todas esas máquinas a las que lo conectaron hacían *clic* y *bip*. Recuerdo haber sujetado con fuerza su mano fría y húmeda, e instarlo a que se aferrara a la vida con similar ahínco.

Recuerdo cuando llegamos al hospital y los paramédicos lo sacaron de la ambulancia sobre la camilla, y vi la historieta que Alex guardaba en su bolsillo trasero. Cayó al suelo revoloteando con el movimiento frenético. Mientras lo empujaban hacia la sala de emergencias, me detuve para levantarlo, y luego corrí a toda prisa tras ellos.

Grité y la ondeé en el aire como una lunática, como si fueran paramédicos militares que sacaban del campo de batalla a la víctima de un estallido mortal y hubieran dejado atrás una extremidad faltante. Por supuesto no podía pensar claramente. ¿Cómo podría hacerlo una madre en un momento así? No dejé de aullar y sollozar, hasta que finalmente un enfermero tomó esas cuantas docenas de páginas coloridas y prometió entregarlas a mi hijo.

–¡Tan pronto como despierte! –dije, con ambas manos sobre sus hombros–. ¡Por favor!

El enfermero asintió y sonrió con tristeza.

–Por supuesto, señora. Tan pronto como despierte.

Dos días después, esa arrugada historieta regresó a mí.

Venía en una bolsa de plástico sellada que también incluía la billetera de mi hijo, su teléfono y los restos de ropa que llevaba encima cuando lo admitieron, incluyendo sus Converse envueltos en cinta plateada y su viejo par de Levi's.

Alex no despertó, a él no me lo devolvieron.

Mi hermano Hank me saca del trance, estoy aturdida... da un fuerte golpe a la pared de la cocina con su puño carnoso, con tanta fuerza que todas las fotos enmarcadas y platos decorativos que cuelgan ahí traquetean. Siempre fue el más impetuoso. La mecha corta de la familia. Esa noche no fue distinto.

–¡Los Rourke han sido dueños de esta tierra por tres generaciones! –grita–. ¡No hay manera de que el maldito banco nos la quite en tres meses!

Antes de que alguno de nosotros pueda responder, vuelve a golpear la pared –aún con más fuerza– y una pieza de cerámica antigua que perteneció a nuestra difunta abuela, Esther Rourke, se libera del portaplatos y se estrella contra el suelo.

Horrorizada, Debbie, la rubia y jovial esposa de Hank, deja

escapar un grito ahogado. Pero a mí me importa un comino. Sólo es una cosa. Un objeto. Claro, llevaba muchos años en nuestra familia, pero hoy esa misma familia está hecha trizas. Mi corazón está hecho trizas. ¿A quién le importa si alguna estúpida y vieja vajilla lo está también? De hecho, con gusto la levanto. Recibo con gratitud aquella distracción que supone, fuera de los gritos y maldiciones y las discusiones de la última hora... que espero puedan concluir en unos minutos.

Pero antes de que pueda ir por la escoba, Stevie me toma del hombro.

–Descríbenos todo una vez más, Molly –dice–. Es un tremendo plan.

No puedo negarlo. Por encima, suena imprudente. Una locura. Casi imposible.

Pero he tenido mucho tiempo para pensar en cada detalle. Y creo con cada trozo de mi corazón despedazado que lo lograremos.

Tenemos que.

Verán, un buen rato antes de que Alex muriera, el banco había estado llamando... a veces dos, tres veces al día. Se estaban acumulando los avisos. Stevie, Hank, sus esposas y yo, todos nos apretamos el cinturón como mejor podíamos. Hasta Alex, mi gran hombre, mi bebé, me había estado cediendo los billetes arrugados de cinco dólares que se ganaba calle abajo, cortando el césped de la señora Baker.

Pero no bastaba con eso. Los gastos, los intereses... yo sabía que nunca lograríamos cubrirlo todo. Seguiríamos atrasándonos en los pagos. Sabía que sólo era cuestión de tiempo antes de que perdiéramos nuestro hogar.

Y entonces nos alcanzó un gasto adicional completamente inesperado, que aceleró incluso más el proceso.

El costo del funeral de mi único hijo.

Así que ahora, en sólo noventa días, la granja de cuatro hectáreas que había sido el hogar de nuestra familia por tanto tiempo se volverá propiedad legal del First Texas Credit Union. A menos que pongamos en acción "mi tremendo plan", el que llevo meses pensando.

Y que, por gracia divina, logremos salirnos con la nuestra.

–Ahórratelo –me dice Hank–. Es una locura, Molly. Pura y sencillamente.

De nuevo, no puedo negar que lo sea. O al menos bajo circunstancias normales, no podría.

–A grandes males... –dice la esposa de Stevie, Kim, con intensidad silenciosa. Es hija y esposa de militares y una sabia belleza morena, quien no es ajena a las decisiones difíciles. Durante los últimos doce años que lleva casada con mi hermano mayor, se ha vuelto la hermana que nunca tuve. Cuando quedó claro que no estaba escrito que tendrían hijos propios, podría haberlo resentido. Podría haberse amargado. En vez de eso, Kim vertió todo el amor que le sobraba a Alex. Era la única de nosotros que, por ejemplo, tuvo la paciencia de enseñarle a andar en bici, un pasatiempo que mi hijo cultivó hasta sus últimos días.

–Quiero saber qué piensa *él* –dispara Hank de vuelta, y señala al hombre sentado en el comedor adyacente que sorbe té helado con limón y lleva todo este tiempo escuchando pacientemente, sin decir casi palabra–. Si *él* dice que es una locura, debes *saber* que...

–No importa –digo–. Éste es un asunto de *familia*. Estamos juntos dentro o fuera. Y saldremos de una patada en el trasero, además.

Mis hermanos y cuñadas lo mastican. Lo mismo Nick y J. D., dos infantes jubilados del Cuerpo de Marines con los que Stevie sirvió en Oriente Medio hace tanto que ya es casi como si fueran parientes de sangre. En especial en años recientes, se habían vuelto como hermanos mayores para Alex, y lo llevaban en viajes de cacería y pesca para que tuvieran un poco de esa vinculación afectiva masculina tan fundamental para los hombres. En su funeral estaban en segunda fila, dos exsoldados fornidos que se enjugaban los ojos.

Explico por última vez exactamente lo que estoy proponiendo. Mi plan es un largo viaje con la remota posibilidad de ganar. Podríamos perderlo todo. Pero eso *definitivamente* pasará si no hacemos nada.

Tras un tenso silencio que parece durar para siempre...

–Adelante –dice Stevie simplemente. Los Marines no se andan con chiquilladas.

–*Semper fi* –dice Nick, y da un paso adelante. Él y J. D. hacen un saludo tenso.

Kim estrecha la mano de su marido.

–Ya somos cuatro, entonces.

Debbie enreda sus mechones rubios nerviosamente y pestañea, insegura. Me agrada Debbie... o, debería decir, me ha *llegado* a agradar. Probablemente no seríamos amigas si no estuviera casada con mi hermano. Debbie es dulce pero tímida. Se esfuerza demasiado para complacer a los demás. Prefiere seguir la corriente antes que hacer olas, en especial cuando su esposo está ahí. Mira a Hank en busca de orientación; no la obtiene. Así que hace algo sorprendente. Escucha a su corazón.

–Este lugar, después de todos estos años... se ha vuelto *mi* hogar también. Lo haré, estoy con ustedes.

Hank echa las manos al aire. Es la última resistencia.

–Me están pidiendo que escoja entre mi familia y mi consciencia. ¿Entienden eso?

Mis ojos revolotean hacia una descolorida fotografía enmarcada en la pared, es de Alex, de cuando tenía seis años. Está sentado en un columpio de neumático que cuelga de la rama de un roble gigante que hay en la granja, y esboza una sonrisa chimuela. Se ve tan pequeño. Tan feliz. Tan inocente.

Tan vivo.

–A mí me suena como una decisión fácil –digo.

Finalmente, con un profundo suspiro, Hank asiente. También él acepta.

Y entonces el voto es unánime. *Mi plan se hará.*

–Sólo un pequeño problema –dice Debbie nerviosamente, y se agacha para por fin levantar los trozos del plato antiguo que su marido rompió.

–¿Dónde vamos a conseguir los setenta y cinco mil dólares?

5 MINUTOS, 35 SEGUNDOS

EN LAS DIEZ SEMANAS que han transcurrido desde que murió mi hijo, probablemente he dormido menos de diez horas.

Durante el día me siento cansada hasta los huesos y arrastro los pies como zombi de habitación en habitación. Pero de noche, casi nunca llega el descanso. Doy vueltas sobre la cama. Me agito. Rezo. Lloro.

Mi mente reproduce cada memoria que tengo de Alex, una y otra vez, como un bucle. Pero nunca de manera cronológica. Los recuerdos saltan siempre de un lado al otro.

Primero puedo recordar cuando lo vi atravesar el escenario con su adorable toga y birrete para su "graduación" de preescolar hace diez años.

Luego acude a mí su expresión de dicha aquella vez que anotó el tanto ganador para su equipo de futbol en la secundaria.

Luego puedo verlo dar sus primeros y vacilantes pasos por la cocina de la casa.

La misma casa en la que mi familia y yo hemos vivido durante décadas.

La misma que podrían arrebatarnos muy pronto.

En este momento estoy recostada sobre la cama y sudo entre las sábanas gracias al aire del oeste de Texas, que todavía sopla con fuerza a la 1:10 de la madrugada, según el viejo reloj de radio junto a mi cama.

Pero no estoy pensando en Alex.

No. Ahora muero de nervios. Mi familia entera, la nuclear y la extendida, de sangre o no, acaba de consentir a mi "tremendo plan". Todavía no caigo del todo en cuenta. Mañana empezaremos a ponerlo en...

Espera. Escucho algo. Afuera. *Clang*, un ruido metálico, distante pero identificable.

Como llevo la mayoría de las noches despierta en los últimos dos meses, ya me familiaricé con los sonidos a estas horas. Como el de los grillos. El ocasional aullido de coyote. Aparte de eso, *no hay* sonidos. Nuestra granja se aloja entre cuatro recónditas hectáreas.

Quizá sólo sea un animal. ¿O quizás... un intruso? O quizá sólo estoy oyendo cosas, mi mente juega...

Clang.

Ahí va de nuevo. Debo descubrir qué es.

Me deslizo fuera de la cama y me calzo unas pantuflas. Bajo por el pasillo a hurtadillas. Camino suavemente por la puerta cerrada de la alcoba de Alex, en la que no he metido pie desde el día en que murió. No sé cuándo vuelva a hacerlo. Acaso nunca.

Llego a la habitación de Stevie y Kim, llamo a su puerta y luego la abro lentamente. (Volvieron a mudarse con nosotros hace como dos años, cuando cortaron las horas de Stevie en la refinería. Así sería más fácil para todos nosotros sufragar los costos de vida.)

Kim duerme profundamente, pero junto a ella hay un espacio vacío. *Estupendo*. Probablemente está afuera con Hank, Nick y J. D., bebiendo unos tragos, algo que últimamente hacen con más frecuencia para ayudar a sosegar el dolor. Pero ¿qué sentido tiene que tu hermano mayor, un marino jubilado, duerma bajo el mismo techo que tú si no está durmiendo ahí cuando lo necesitas?

Perfecto, lo haré yo misma.

Bajo de puntillas y me dirijo a la cocina. Paso por el marco de la puerta, que está "decorado" de arriba a abajo con líneas que marcan la altura de varios miembros de la familia Rourke con el pasar de los años. Y no sólo la de Alex. La mía y la de mis hermanos. La de mi difunto padre, John. La de mi tía Anna y primos Matthew y Jacob.

Pero ahora no es tiempo de ponerse sentimental. *No cuando estoy en peligro.*

Hay una linterna de emergencia encima de nuestro viejo refrigerador. Detrás de éste está encajado un fusil de cerrojo Ruger para cacería, incluso más viejo que el refrigerador.

Tomo ambos.

Retiro el seguro a la puerta delantera, doy un paso afuera, enciendo la linterna y reviso la entrada para el coche y el patio delantero. Todo parece normal. Todo suena callado. Exhalo, aliviada. Quizás estoy tan agotada que realmente estoy empezando a....

Clang.

No, ahí está de nuevo. Estoy segura. Proviene desde la parte trasera de la casa.

Sujeto con fuerza la linterna y el arma, camino lentamente por el costado de la casa y trato de hacer crujir la hierba seca lo menos posible para no revelar mi posición.

Ahora estoy en el patio trasero que llevo semanas sin visitar. No hay señal de nadie. Al menos no cerca de la casa. Pero entonces mi linterna destella contra algo metálico y azul recargado contra el porche trasero.

Es la moto de Alex, que nadie ha tocado en diez semanas.

Siento un nudo en la garganta. La herida todavía es muy reciente. Pero rápidamente lo saco de mi mente... cuando escucho el eco de otro *clang* desde un lugar más lejano de la propiedad.

Comienzo a seguir el sendero de tierra que serpentea entre los campos hacia nuestro viejo granero. Los grillos me bombardean los oídos. Los mosquitos me carcomen el rostro. Pero sigo avanzando, con el rifle apuntado y listo... incluso cuando llego al viejo columpio de neumático colgado del roble gigante. El sitio de esa fotografía enmarcada de Alex que amo tanto. Los ojos me arden...

Pero escucho otro *clang*. Incluso más sonoro ahora.

Me estoy acercando. ¿Pero a qué?

Finalmente percibo algo extraño. *Luz.* Viene de adentro de nuestra ancestral leñera, y se asoma entre las grietas. El cobertizo se está pudriendo y prácticamente se cae en pedazos.

Además, el tendido eléctrico no llega hasta ahí... así que, ¿de dónde viene la luz?

Me acerco con cuidado. La puerta está emparejada. Escucho el zumbido de un generador de diésel que produce la electricidad para lo que imagino es un juego de lámparas de trabajo. Apenas puedo distinguir una figura masculina, iluminada por detrás, encorvada sobre lo que parece ser un parachoques.

Estoy tan confundida. ¿Un coche extraño? ¿Un generador? ¿Qué demonios es esto?

Apresto mi arma... cuando golpeo por accidente la puerta con el cañón del rifle.

La figura se gira rápidamente y me preparo para disparar.

Es mi hermano.

–¿Stevie? –digo, y abro la puerta por completo, igual de sorprendida que él.

–¡Dios, Molly! Casi escupo el corazón por la boca.

Entro al cobertizo y miro alrededor. Encima de unos bloques está lo que parece ser un Ford Taurus, un modelo de los años noventa, azul plateado y muy oxidado. Tiene el capó abierto y el motor se encuentra en estado de caos, con tubos y cables enmarañados por doquier.

–¿Qué demonios es todo esto? ¡Es la una de la madrugada!

Stevie le lanza una mirada a su reloj.

–Una y cuarto –dice, un poco avergonzado.

¿Apenas han pasado unos cuantos minutos desde que me escabullí de la cama? Se sintió más como una hora.

Stevie desvía la mirada y empieza a limpiarse la grasa de las manos con un trapo viejo. Parece avergonzado, como un niñito al que atraparon comiendo caramelos a escondidas antes de la cena.

–No... no entiendo, Stevie. ¿De quién este coche? ¿De dónde salió? ¿Qué estabas...?

Se me va atenuando la voz cuando empiezo a entenderlo.

Alex cumple –bueno, *habría cumplido*– dieciséis años en apenas unos cuantos meses. Iba a tramitar su licencia de manejo.

Y el azul metálico era su color favorito.

El nudo en la garganta regresa y se tuerce con furor.

–Un colega de la refinería lo tenía en su patio de enfrente –explica Stevie–. Hace unos meses le di cien dólares por él. Un día que Alex estaba en la escuela y tú estabas en el mercado o en alguna parte, lo traje con grúa hasta acá. Luego Hank y yo lo empujamos hasta el cobertizo. Desde entonces le he estado dedicando un rato de vez en cuando.

Stevie hace una pausa, luego pasa la mano sombríamente por la oxidada superficie azul, como un jinete que se despide de un corcel amado que tiene que poner a dormir.

–Lo iba a sorprender. Íbamos a sorprenderlos. Pero esta noche... después de que hablamos... tampoco podía dormir. Se me ocurrió que debería finalmente comenzar a desmontarlo para vender sus piezas.

Sé que mi hermano no es alguien que abrace mucho, pero no puedo evitarlo. Envuelvo los brazos alrededor de su gigantesco cuerpo y me aferro a él lo más cerca posible. Él me estrecha de vuelta.

–Lo habría adorado tanto –digo.

Nos separamos, un poco incómodamente. Stevie mira su reloj.

–Probablemente debería de dormir un poco. Puedo terminar esto el fin de semana.

Pero mientras empieza a guardar sus herramientas, miro el coche y se me ocurre algo.

–No tan rápido –digo–. ¿En verdad crees que puedes lograr que funcione de nuevo?

Stevie asiente.

–Porque escuchaste mi plan –prosigo–. Lo primero que vamos a necesitar... es un vehículo de escape.

4 MINUTOS, 25 SEGUNDOS

NUNCA ANTES HABÍA APUNTADO a una persona.

–Este no es un juguete, Molly –me dijo mi padre la primera vez que me enseñó a disparar, mientras pasaba su vieja Smith & Wesson Modelo 10 de sus toscas y gigantescas manos a las mías, suaves y diminutas–. A menos que esté en peligro tu vida, jamás apuntes a nadie. ¿Me escuchas? O te daré una bofetada tan fuerte que se te saldrán los lindos ojos de la cabeza.

Fue una advertencia que nunca olvidé.

Mientras sostengo esa misma S&W ahora y siento la fría empuñadura de madera en la palma de mi mano, puedo escuchar las palabras de mi padre. ¿Qué pensaría si supiera lo que estoy planeando hacer?

No sólo estoy por apuntarle a una persona con un arma.

Estoy por hacerlo contra *muchas personas*.

Amenazaré sus vidas.

–¡Funcionó! –exclama Hank, y esboza una sonrisa nerviosa.

Por supuesto que funciona. La idea es mía.

Hank está sentado en el asiento del conductor de un recién

renovado Ford Taurus azul plateado, modelo 1992, que desde entonces pintamos de negro y al que le quitamos las placas y le raspamos todos los números de serie.

–Están llamando a los refuerzos –prosigue–. Ya deberían de irse si...

–Silencio –espeta Stevie desde atrás.

Todos estamos escuchando con cuidado la frecuencia de la policía en un viejo aparato acomodado sobre el tablero. No entiendo ni pies ni cabeza entre los graznidos y la estática. Por suerte, mis hermanos, Nick y J. D., sí. Y, por lo visto, les agrada lo que escuchan.

–Aquí llega la caballería –dice J. D.

Y así, sin más, escucho una distante sirena de patrulla. Luego otra. Luego el aullido deslumbrante de un camión de bomberos. La estridente alarma de una ambulancia.

Se escucha el chasquido de más voces por el aparato, frenéticas. Logro detectar algunas palabras: "juzgado", "paquete sospechoso", "evacuación", "todas las unidades disponibles".

–Pónganse las máscaras –ordena Stevie–. Nos vamos *ahora*. Y recuerden: entramos y salimos en *cuatro minutos*. Justo como lo ensayamos.

Los cinco nos ponemos las máscaras de Halloween baratas que teníamos en la mano, cada una del caricaturesco rostro de un expresidente distinto. Stevie, Hank, J. D., Nick y yo nos transformamos en Washington, Nixon, Reagan, Kennedy y Lincoln.

Hank se queda detrás del volante del auto estacionado mientras los demás bajamos. Siento un hormigueo de nervios mientras atravesamos la silenciosa calle. Y preparamos nuestras armas.

Cinco expresidentes están por asaltar un banco.

Estallamos por la entrada principal de Key Bank... y Stevie de inmediato dispara una ronda ensordecedora de perdigones al techo.

–¡Manos arriba, donde pueda verlas!

Nos distribuimos rápidamente y tomamos nuestras posiciones, justo como lo practicamos muchas veces en el viejo granero en la parte trasera de nuestra granja, a tres condados de distancia.

La gente grita y entra en pánico... pero obedece.

Nick le ladra al joven y mudo guardia de seguridad:

–¡Eso significa todos!

El chico debe de haberse graduado recientemente de la preparatoria.... *apenas unos cuantos años mayor de lo que era Alex.* La manera en que su uniforme holgado cuelga de su delgada complexión lo hace parecer como un niño que juega a disfrazarse con ropa de su padre. Le lanza una mirada asesina a Nick pero levanta las manos.

Hasta ahora, todo bien.

–Empiecen a vaciar sus cajones –ordena Stevie a los tres cajeros. J. D. lanza un costal de yute a cada uno.

Luego mi hermano gira hacia el atónito gerente de la sucursal, un sudoroso hombre hispano de mediana edad con un traje barato color beige y una corbata de cordón.

–*Nosotros* abriremos la bóveda.

Stevie acentúa a qué se refiere cortando el cartucho de su rifle.

–No hay problema –dice el gerente, tragando saliva, y luego agrega una sonrisa temblorosa–: Señor Presidente.

Él y Stevie desaparecen en la oficina trasera.

J. D. observa a los cajeros embutir el efectivo apresuradamente dentro de las bolsas.

Nick y yo mantenemos las pistolas puestas sobre los demás, todos congelados como estatuas que alcanzan hacia el cielo. Me doy cuenta de que la pistola del guardia de seguridad de rostro lleno de granos está acomodada en su pistolera...

Pero estoy más preocupada por los clientes. Después de todo, esto es Texas. Apuesto a que varios guardan armas entre sus cosas.

Lo último que necesitamos es que uno de ellos decida usarla.

Por las hendiduras de los ojos de mi máscara de hule caliente y pegajosa con rostro de Lincoln, sigo escudriñando a esas quince o más personas desafortunadas. La pareja casada de afroamericanos mayores, el hombre que le susurra palabras de consuelo a su esposa sollozante. La hermosa y vulgar joven blanca, quizá mesera de bar, quizá bailarina exótica, que todavía lleva puestos los tacones de aguja de la noche anterior y sostiene el fajo de billetes de a dólar que planeaba depositar. El obeso de pelo ralo de sesenta y tantos años con un bulto sospechoso bajo la chaqueta de piel, y los ojos del veterano militar que se mueven de un lado al otro.

Cualquiera de estas personas podría ocasionar problemas.

(La simple presencia de una madre con hijos en el banco sería el tipo de problema que no sé si yo podría manejar.) Sigo escrutando al grupo, en busca del más diminuto indicio de algo así. *Y rezo por no verlo.*

Luego se escucha el eco de dos sirenas de patrullas a la distancia.

–¡¿Alguno de ustedes oprimió el botón de pánico?! –pregunta enojado J. D. a los cajeros.

Éstos niegan con la cabeza. Pero ellos y los clientes exhiben expresiones esperanzadas mientras una patrulla pasa a toda velocidad por afuera... y pasa de largo. J. D. sonríe con sorna.

–Claro que uno de ustedes lo hizo. Probablemente *todos* lo hicieron. Pero no importa. El departamento de policía de Plainview está un poco ocupado por el momento.

Aun así lanzo una mirada de soslayo a mi reloj. Desde que salimos del coche, han pasado tres minutos y veintiséis segundos. Entrar y salir en *cuatro*, máximo... así fue como lo practicamos. Esté o no distraída al otro lado de la ciudad, la policía se presentará en algún momento.

Y si lo hace, que Dios nos ampare.

¿Qué demonios le está tomando tanto tiempo a Stevie en la bóveda?

Se empieza a acelerar mi respiración. El sudor del cejo que no puedo limpiarme hace que me ardan los ojos. Se suponía que este plan –*mi* plan– era a prueba de tontos...

–¡Vámonos! –escucho a mi hermano mayor gritar.

Finalmente.

Con el gerente todavía a punta de pistola, Stevie emerge de

la oficina trasera. Tiene un pequeño bolso marinero repleto de billetes colgada del hombro.

–¡Entréguenlos, ahora! –ordena J. D. a los cajeros, recogiendo rápidamente los costales de yute.

Nick y yo lanzamos una mirada final a los clientes encogidos de miedo y al nervioso guardia de seguridad.

Entonces los bandidos presidenciales se dirigen a la entrada.

¡Mierda!, pienso. *¡Logramos el primer paso!*

Afuera, parece que no hay moros en la costa. Hank está apenas llegando en el Taurus negro.

El vehículo que debería haber sido el primer coche de mi hijo.... *ya es nuestro vehículo de escape.*

Abro la puerta del banco de un empujón... Estamos tan cerca...

Cuando escucho detrás de nosotros una voz temblorosa... y el colocar de una bala en la recámara.

–No se muevan, o... o... ¡disparo!

15 SEGUNDOS

ME DETENGO DE INMEDIATO y miro hacia atrás. Todos lo hacemos.

Maldita sea.

El escuálido guardia de seguridad decidió jugar al héroe.

–Pésima decisión, hijo –dice Stevie, en voz muy baja, mientras gira muy lentamente.

–Dije que no... ¡no se muevan! Juro que... ¡que les dispararé a *todos* ustedes!

Somos cinco contra uno. No es muy probable. Pero la SIG Sauer negra en las manos pecosas del guardia tiembla tanto que me preocupa que pueda caérsele –y Dios sabe a quién podría alcanzar una bala perdida, o qué podría ocurrir después.

Detesto admitirlo, pero una parte de mí se siente casi mal por este joven. Quizá sea mi instinto maternal. Quizá sea lo cerca que está de la edad de Alex. Se está interponiendo en nuestro camino hacia la libertad. Sé que podría echarlo todo a perder. Pero aun así...

–Bajen... ¡bajen sus armas! –tartamudea.

Stevie levanta la voz.

–Te voy a dar una última oportunidad de dejarnos ir.

Pero el guardia no pestañea.

–No, verán, yo les voy a dar a *ustedes* una última oportunidad...

–¡No tenemos tiempo para esta mierda! –espeta J. D.

Tiene razón. *Cada segundo que desperdiciemos...*

Y Stevie lo sabe. Así que actúa con rapidez.

En un abrir y cerrar de ojos, se deja caer de rodillas y le apunta al guardia por encima de su bolso de marinero.

El guardia entra en pánico y dispara –sobrevolando la cabeza de Stevie–. El impacto quiebra una de las puertas de vidrio a nuestras espaldas.

Stevie dispara una sola vez con el rifle hacia el piso de madera del banco, intencionalmente hiriendo el pie derecho del chico.

El guardia gime y se encorva. Su pistola cae al suelo, repiqueteando.

–Acabas de recibir un disparo por proteger dinero ajeno, del banco –dice Stevie–. Lo siento mucho.

Luego los cuatro salimos como alma que lleva el diablo.

Nos apilamos en el Taurus negro. Apenas cerré la puerta y ya estamos quemando llantas.

¡Lo logramos!, pienso al arrancarme la máscara caliente y limosa de Lincoln, con la adrenalina que todavía fluye por mis venas.

Al final, fue más fácil de lo que pensé.

Ahora viene lo difícil.

5 MINUTOS, 5 SEGUNDOS

—MALDICIÓN, VAYA QUE SON unos astutos hijos de perra.

El agente especial Mason Randolph apenas si asiente ante la observación... porque había llegado a la misma conclusión incluso antes de poner pie en el banco.

Había llegado a ella antes de que su equipo subiera a un aeroplano Gulfstream propiedad del buró con dirección a Plainview, incluso antes de levantar del escritorio sus pies calzados con botas de vaquero, en la tercera planta de la oficina del FBI en El Paso.

Como les dijo a sus colegas mientras se acercaban al campo aéreo local, con las sirenas ululando, Mason estuvo consciente de que lidiaban con unos ladrones de banco muy astutos desde el momento que se enteró de la amenaza de bomba reportada al otro lado de la ciudad.

Pero eso no le preocupaba. De hecho, *estaba ilusionado* por el desafío.

Mason había construido su carrera meteórica de dieciocho años en el buró al resolver los casos más duros del sudeste. Asesinos seriales. Secuestros. Tráfico de drogas. Tráfico de personas. Asaltos al banco así como posibles amenazas terroristas, aunque nunca una que fuera deliberadamente falsa, y nunca las dos cosas en un mismo caso.

Mason conocía la región mejor que cualquier otro en el buró. La zona, la gente, la cultura, los criminales. Y sabía cómo aprovecharlo.

También sabía todo lo que había sacrificado a lo largo de su vida para llegar adonde estaba. Con cuarenta y un años, alto y bien parecido, con una melena llena de cabello castaño grueso y ondulado, había tonteado con muchas mujeres, pero ninguna de ellas llegó a ser su esposa.

Había tenido muchos "hijos" que cuidar también, *víctimas del crimen* es un mejor término. Incontables personas inocentes, vivas y muertas, hacia quienes se había sentido solidario, protector, casi paternal.

No era lo mismo que tener una familia propia. Ni se acercaba. Eso lo sabía. Pero resolver los crímenes más complicados, encerrar a lo peor de lo peor; eso valía la pena para él. Así era Mason, simple y sencillamente.

El asalto al banco-amenaza de bomba no sería distinto.

Mientras que su avión sobrevolaba el desierto de Texas, Mason y su equipo repasaron los hechos.

Aquella mañana se había descubierto un paquete sospechoso afuera del juzgado del condado de Hale. Resultó estar vacío, con la excepción de un puñado de Tannerite, un explosivo legal que se utiliza para practicar en los campos de tiro. Pero eso bastó para hacer ladrar a los perros del escuadrón antibombas de la policía del condado. Evacuaron la manzana entera. Cada policía, alguacil y oficial del condado estuvo ocupado durante horas.

Mientras tanto, a menos de un kilómetro de distancia, cuatro hombres armados con guantes, camuflaje de cacería y máscaras de Halloween de cuatro expresidentes entró a una sucursal del Key Bank y escapó con más de ochenta mil dólares en costales de yute. Desaparecieron en el desierto abrasador antes de que la central local pudiera encontrar una unidad libre que pudiera responder al llamado.

Sí, estos tipos malos eran astutos.

–Dígame algo que *no* sepa –le responde Mason al oficial de Texas John Kim, el enlace para casos locales del FBI, mientras los dos hombres pisan alrededor de la puerta de vidrio rota del banco.

Nacido, criado y empleado en el estado de la Estrella Solitaria toda la vida, Mason había conocido a miles de agentes del orden público texanos de toda índole. Pero era la primera vez que le tocaba un hijo de migrantes coreanos barrigón y desaliñado que arrastraba las palabras con un acento sureño tan espeso como el alquitrán.

–Creo que ese es *su* trabajo, agente. Usted es el niño maravilla, por lo que me dicen.

Mason se adentra más al vestíbulo sofocantemente caliente. Apagaron el aire acondicionado para preservar cualquier posible evidencia, lo que también preserva el calor de más de cuarenta grados aquel día.

El agente no quiere pasar más de dos, quizá tres minutos incómodos adentro, máximo.

Pero es todo lo que necesita.

Revisa la escena del crimen con los ojos azules entrecerrados. Nota un par de casquillos de rifle gastados y dos cúmulos de perdigón. Algunos están incrustados en el azulejo del techo, otros cerca de una mancha de sangre seca en el suelo de mármol.

–Normalmente sugeriría que enviáramos esos casquillos al laboratorio –dice Kim– pero, ¿para qué desperdiciar el dinero de los contribuyentes?

Mason sabe a qué se refiere el oficial. El interior de un rifle es de cañón liso. A diferencia de la bala, hacer la balística de un perdigón recuperado es casi un total desperdicio.

Pero el agente especial Mason Randolph no salta las trancas, no escatima en gastos.

–Cómo quisiera tener superpoderes como usted, oficial –dice Mason, poniendo los ojos en blanco–. Con solo *mirar* puede notarse de que no lograremos sacar huellas, ni fibras, ni ADN. ¿Valdrá la pena que hagamos pruebas a ese paquete señuelo que estaba junto al juzgado?

Kim sisea entre los dientes. No aprecia el sarcasmo. Tampoco aprecia que lo reten por un descuido.

–Supe que vio las cintas de seguridad –dice Kim–. En ese caso, casi ni valía la pena que hicieran el viaje. ¿Consiguieron algo sobre los sospechosos aparte de su altura y constitución?

Mason asiente.

–Hule.

Kim le lanza una mira extrañada al agente.

–¿Cómo dice?

–Las máscaras –explica el agente–. Por el momento es la única pista que tenemos. Por ahora.

Prosigue:

–Los testigos declararon que los cuatro hombres tenían acentos reales del oeste de Texas. Imposible fingir en una estancia repleta de lugareños. Lo que nos dice que los chicos malos provienen de algún lugar cercano. Si sus hombres quieren ayudar, pídales que comiencen por sondear cada tienda de chucherías y artículos de fiestas y disfraces a ciento sesenta kilómetros a la redonda. Falta mucho para Halloween. Encuentre a esos adictos a la política que compraron sus disfraces cinco meses antes. Con efectivo.

Kim está bastante impresionado por la creatividad de Mason. Y su ingenio. Es un ángulo poco ortodoxo que él jamás habría considerado, y menos perseguirlo tan agresivamente. Pero el oficial tampoco puede ocultar su escepticismo.

–Estoy lejos, agente Randolph, de cuestionar a uno de los federales más formidables del sudoeste...

–¿Entonces por qué me da la sensación de que está por hacerlo?

Kim prosigue:

–Está pidiendo un milagro si cree...

–Esto es lo que pienso –dispara Mason de vuelta–. Tenemos a cinco criminales sueltos que desaparecieron de nuestras narices. Que tendieron una trampa en la que *todos* caímos. Quienes, como me recordaron mis colegas del Departamento de Seguridad Nacional durante una llamada en conferencia mientras nos dirigíamos hacia acá desde el aeropuerto, son lo suficientemente inteligentes para construir una falsa bomba creíble; y Dios nos libre que jamás decidan construir una poderosa de verdad.

Kim frunce el ceño.

–Me parece bien. ¿Pero empezar con las máscaras? Sólo digo que es como buscar una aguja en el pajar. Y usted lo sabe.

Si Mason lo sabe, su rostro no lo delata.

–Cuando hallemos esa aguja, oficial Kim, y lo haremos –replica Mason: cinco minutos en el ardiente vestíbulo del banco ha sido demasiado–, cuidado con la punta, no vaya a pincharse.

40 SEGUNDOS

EN 1933, MI BISABUELO Joseph Rourke construyó la robusta mesa de roble que desde entonces tenemos en la cocina de la granja. Probablemente se imaginaba a sus descendientes sentados alrededor de ella compartiendo comidas, historias y carcajadas.

Lo más probable es que *no* se los imaginara sentados alrededor de ella, contando una pequeña fortuna, robada a punta de pistola de un banco unas horas antes esa misma mañana.

–¡Ochenta y dos mil ciento diecisiete dólares! –exclama Hanks después de revisar su aritmética por tercera vez–. ¡Ochenta y dos mil ciento diecisiete malditos dólares!

Un montón de gritos ahogados y risas llenan la sala. Pero no puedo decir palabra. La conmoción, el alivio y la emoción son abrumadores. La experiencia está fuera de este mundo.

–Es una locura ver todo ese dinero en un solo lugar –dice J. D. con total asombro.

–La locura es lo *poco* que parece –agrega Nick, ayudando a

Hank a acomodar las pilas de billetes atados con ligas en un montón no más grande que un par de directorios telefónicos.

Tiene razón. En las películas, las riquezas de los malos siempre suben hasta el techo.

Pero esta es la vida real. Y las cosas increíbles siempre parecen llegar en paquetes pequeños.

Por otro lado, en el cine, a los malos –esos seríamos nosotros, por más que parezca una locura admitirlo– siempre los atrapan. Siempre hay algún policía rudo, bien parecido, que investiga siguiendo sus propias reglas y no se detiene hasta llevarlos a la justicia.

Pero, como dije, esta es la vida real. Lo que estamos haciendo es demasiado grande. Demasiado importante. Es por nuestro hogar. Es por nuestras maneras de ganarnos la vida.

Es por mi hijo muerto.

Mi plan es perfecto. ¿Temo que nos atrapen? Eso simplemente no pasará. No a nosotros.

¿O sí?

Stevie parece estar leyendo mi mente. Levanta la libreta de apuntes que Hank ha estado usando para garabatear sus números. Lo lleva a la estufa, enciende una hornilla y deja caer las páginas en la titilante llama azul. La evidencia se transforma en cenizas en cuestión de segundos.

–¿Cuándo fue la última vez que usaste esto, Molly? –pregunta Stevie con una sonrisita, mientras pasa el dedo por encima del horno entre una capa de grasa vieja y polvo.

Contesto rápidamente y sin aspavientos.

–Hace ochenta y nueve días.

El instinto de mi hermano y de sus amigos es soltar una carcajada... hasta que explico lo que significa el número.

–Supongo que simplemente no he tenido muchas ganas de cocinar desde que murió Alex.

Y eso succiona todo el aire de la estancia.

Siento un dolor profundo en las entrañas mientras la memoria de mi hijo se filtrara de nueva cuenta en mi interior. Todavía es tan fresca, tan cruda. Tan real.

Pero también lamento arruinar el ánimo festivo. Desanimarlos de una celebración que todos necesitamos. Mi hermano mayor detecta eso de inmediato.

–¿Qué tal Taco Bell? –pregunta Stevie–. Yo invito. ¡Un taco doble supremo para todos!

La pandilla se alegra y alborota de nuevo.

–Yo quiero una gordita... ¡no, mejor una chalupa!

–¡Fresco Chicken para mí!

–¡Pero tienes que comprar unos nachos también, amigo!

–¡Demonios, *no*!, –interrumpo, blandiendo un sartén de hierro fundido a lo alto sobre mi cabeza–. Pueden apostar sus traseros que comeremos tacos esta noche. Pero serán tacos caseros.

A mi familia le gusta esta idea incluso más. Y a mí también.

Todavía extraño a mi precioso bebé cada segundo de cada minuto de cada día.

Pero extrañaba cocinar para toda la demás gente de mi vida

a la que quiero también. Así que esta noche, por primera vez en casi trece semanas, la cena en la granja de familia de los Rourke casi parece normal de nuevo.

1 MINUTO

HAY QUIENES DICEN QUE la hora más aterradora para estar en el cementerio es la medianoche.

Se equivocan.

La hora más aterradora es la primera luz del alba. Porque no queda lugar donde esconderte. De tu dolor. *De ti mismo.*

Simplemente no logré dormir anoche. (¿Pero eso qué tiene de nuevo?) Estoy segura de que la emoción del robo del banco en la mañana fue parte de eso. Pero quizá también lo fuera mi sentimiento de culpa. No la culpa de cometer algún delito. La culpa de sentir el menor destello de felicidad. De esperanza. Podríamos salvar la granja.

Que mi "tremendo plan", como alguna vez lo llamó Stevie, pueda funcionar.

Todavía estaba dando vueltas y vueltas cuando el viejo reloj de radio junto a mi cama marcaba las dos y media de la madrugada. Normalmente lo soportaría y me quedaría recostada ahí hasta el amanecer, cuando finalmente decidiera salir de la cama y comenzar el día oficialmente.

Pero anoche se sintió distinto. No *podía* simplemente quedarme ahí.

Esta vez tuve que levantarme. Tuve que ir a algún lado. Y supe exactamente adónde.

Salté en mi camioneta y manejé los cuarenta y dos kilómetros hasta el cementerio de Trinity Hills. Me estacioné afuera de la reja principal y el resto del camino lo hice a pie.

He visitado este lugar más veces de las que pueda recordar. Por lo menos una vez al día desde el funeral. A veces dos. En alguna ocasión, podía permanecer sólo un minuto. En otras, podía merodear durante horas.

Anoche supe que sería la segunda opción.

Mientras me acercaba a la última morada de Alex, con las largas e inquietantes sombras que arrojaba mi linterna, la primera emoción que sentí fue rabia.

¡Alguien dejó sus desperdicios sobre la tumba de mi hijo!

Pero a medida que me acerqué, identifiqué la pila de papeles arrugados distribuidos en la base de su lápida.

Era un montón de historietas.

Alex y sus cómics. Cómo los adoraba. Cómo estaba atiborrada su habitación con ellos, una biblioteca de historias ilustradas de audacia y aventura.

Imaginé que algunos de sus amigos lo habían visitado ayer y las dejaron ahí. La idea me derritió el corazón.

Porque Alex *adoraba* a sus amigos. Incluso más que a los cómics. Acampar con ellos, disparar a botellas y latas viejas con ellos, conducir esa moto de montaña azul con ellos, la misma motocicleta que todavía está recargada contra nuestro porche trasero. La que aún no tengo el valor de mover.

Y sus amigos lo adoraban a él. A veces, cuando algunos de ellos se quedaban a pasar la noche en casa, yo caminaba silenciosamente por el pasillo y me detenía afuera de la puerta de la habitación de Alex. No para escuchar sus secretos, sino para oírlos reír.

¿Existe un sonido más perfecto al oído de una madre que el de su hijo cuando expresa dicha?

Estas memorias y tantas más me inundaron toda la noche. Durante las últimas tres horas me levanté, me senté, caminé de un lado al otro, me arrodillé, recé y lloré –ay, vaya que lloré– ante la tumba de mi hijo de quince años.

Pero ahora comienzo a darme cuenta de que el cielo pasó de un negro intenso a un azul fulgurante. *El color favorito de Alex*, no puedo evitar pensarlo. Escucho a los pájaros empezar a trinar. Bajo la mirada a mi teléfono. Me indica la hora, casi las seis. En unos cuantos minutos este cementerio oscuro estará lleno de cálida luz.

No estoy lista para eso. Ni de cerca.

Debo ir a casa. Tengo mucho que hacer.

Esto apenas ha comenzado.

1 MINUTO

LLEVO LA ÚLTIMA HORA agazapada y reptando con Stevie entre unos arbustos espinosos de un metro de altura. Todo el cuerpo me duele como el demonio.

Duele la espalda. Pulsan las rodillas y las muñecas. Cada centímetro de piel expuesta está empapado de sudor o raspado por las zarzas o cubierto de ronchas rosas a causa de los mosquitos.

Pero olvido todo el dolor... cuando recuerdo por qué estoy aquí.

El segundo paso de mi plan sucederá en menos de una semana, a apenas unos cuantos centenares de metros de donde estamos ocultos ahora: las afueras del rancho Golden Acres, una extensa granja de caballos no muy alejada de la frontera entre Texas y Oklahoma.

Esta noche, en el lugar pululan algunas de las familias más ricas de la zona. Hay ponis y artistas circenses para los niños. Langosta a la parrilla y champaña para los adultos.

Vaya manera elegante de celebrar el cuatro de julio.

Y el escenario perfecto para que yo y mi hermano revisemos el lugar.

Que Dios nos ampare.

–Cuento seis... no, siete salidas en los muros tres, cuatro y cinco –susurra Stevie, asomándose por la delgada mira que tomó prestada de la parte de arriba de su rifle de cacería.

Está revisando el enorme establo beige en el centro de la propiedad. No es del tipo largo y delgado que estoy acostumbrada a ver. Con sus columnas de piedra elegante y prístinos gabletes blancos, parece más una enorme mansión al aire libre.

Mucho dinero se mueve en Golden Acres. Más del que se mueve por la mayoría de los *bancos* en esta parte de Texas, en especial cuando es época de subastas.

Y vendremos por cada centavo.

–¿Puedes distinguir las demás paredes? –pregunto, mientras sigo anotando las observaciones de Stevie en un minúsculo cuaderno de notas y me esfuerzo por entender mis garabatos en la oscuridad.

Stevie lanza una mirada a su reloj.

–Será en cualquier segundo...

Antes de que pueda preguntar a qué se refiere, *¡bum!*, un estallido quiebra la noche silenciosa. El corazón me salta hasta la garganta. Luego un segundo *¡buuuuum!* Y un tercero. Y...

El cielo nocturno se ilumina de fuegos artificiales.

Iluminan el resto del establo también.

Mientras la multitud se asombra y alegra, Stevie recita apresuradamente muchos más detalles sobre el granero. Como las posiciones de otras salidas. Sus líneas de visión. Las ubicaciones de las cámaras de seguridad. Las posiciones de los guardias de seguridad vestidos de civil.

Apunto cada palabra. Lo que tenemos preparado para este lugar hará que el golpe del Key Bank parezca juego de niños. Debemos ser muy cuidadosos, y estar preparados.

–Bien, eso será suficiente –dice Stevie–. Usemos el ruido como cubierta, vamos.

Perfecto. Damos la media vuelta lentamente entre la maleza y comenzamos el regreso centímetro a centímetro justo por donde vinimos, hacia la carretera. Apenas logramos avanzar un par de metros...

–¡Por allá!

Escucho la voz de un joven. Luego pisadas. Llegan corriendo rápidamente hacia a nosotros.

Mierda. Stevie me lanza una mirada: *No te muevas, mantén la calma...*

El aliento se me detiene en el pecho. Me agazapo aún más entre los arbustos espinosos. Alzo la cabeza lentamente para ver quién nos ha detectado. ¿Los guardias de Golden Acres? ¿La policía?

Y después escucho las *risitas* de una chica. Y me relajo.

Son sólo dos adolescentes que se han alejado del resto para besuquearse.

Se desploman sobre un claro de hierba en una colina cercana, y se besan y acarician sin tener la menor idea de que a unos cuantos metros se ocultan dos criminales novatos.

Mientras mi hermano y yo salimos a toda marcha, no puedo evitar sino pensar: *La próxima vez no tendremos tanta suerte.*

1 MINUTO

HABER SIDO NOMBRADA SEÑORITA Condado de Scurry tres años seguidos me dejó algo de aprendizaje en el fino arte del maquillaje. Llevo tres décadas embelleciéndome.

Pero esta es la primera vez que obro mi magia en alguien más.

–Deja de moverte –digo, mientras unto un pegote de crema marrón y la aplico uniformemente–. Si lograste sobrevivir a Parris Island, puedes lidiar con un poco de base.

Así es. Le estoy untando maquillaje de dama a mi hermano mayor, el infante de marina jubilado.

El resto de los presentes se carcajean: Hank, Nick, J. D., y mis cuñadas, Kim y Debbie. Los ánimos están tensos, y pensé que nos haría bien un poco de risas.

–No finja que jamás quiso lucir hermoso, sargento –bromea J. D.

Más risas. Excepto de Stevie.

–Muy gracioso... *cabo.*

Levanto el lápiz para las cejas.

–¿Qué tal si al menos me concedes una sonrisa *falsa*?

Mi hermano muestra una gran sonrisa llena de dientes, y apretuja bien el rostro. Hank, Nick y J. D. siguen su ejemplo mientras Debbie y Kim también los maquillan.

Paso mi lápiz marrón oscuro por las líneas de la risa de Stevie, las arrugas de la frente, las arrugas en la línea de los ojos, y acentúo cada detalle de la manera más natural posible. Agrego un par de manchas de la edad, por si las dudas.

No estoy tratando de hacer que mi hermano luzca fantástico.

Intento hacerlo parecer veinticinco años mayor.

Estamos preparándonos para el golpe contra Golden Acres. Pero esta vez no entraremos con las máscaras de presidente sobre el rostro. Lo haremos con el rostro con que hemos nacido.

Completamente desarmados, además.

–Santo cielo –dice Debbie con una carcajada–. ¿Esto es lo que me espera en el futuro?

Está terminando de maquillar a Hank. Su esposo hasta se afeitó la parte superior de la cabeza para lucir calvo, y remató su transformación con un par de anteojos de fondo de botella. Ella extiende su espejo compacto para que Hank pueda ver por sí solo.

–Maldición... me veo idéntico a papá –dice, pestañeando de la incredulidad.

Nuestro padre murió a causa de un paro cardiaco hace algunos años, a la edad de sesenta y siete años. Hank no tiene ni cuarenta. Pero con este disfraz, da miedo cuánto se parecen.

–Con razón mamá siempre te quiso menos que a todos –bromeo.

Hay más risas alrededor. Luego Stevie me toma la mano.

–Vamos, Molly. Concéntrate. El reloj está avanzando.

Tiene razón. Termino de oscurecerle la piel y acentuarle las arrugas, y me aseguro de que el maquillaje luzca natural.

Después viene la peluca. Sobre el corte de pelo a rape estilo militar de Stevie coloco una maraña enredada de cabello canoso y ralo.

La transformación está completa. E increíble.

–¿Entonces? –pregunta.

–Gran mejora –le digo–. Nunca te viste mejor.

Stevie revisa la hora, luego se gira hacia las dos mujeres y tres "ancianos" que están parados en nuestra cocina.

–Debbie, Kim, cada pincel y lápiz que usaron, quémenlos en el brasero de atrás. Nick, ve a inspeccionar la camioneta otra vez. Hank, revisa el mapa y las rutas de manejo. Molly, tan pronto como termines, alcánzanos a J. D. y a mí para revisar el plano.

Todos tienen una tarea. Todos entran en acción. Incluyéndome.

Todavía debo maquillar a alguien.

A mí.

7 MINUTOS, 15 SEGUNDOS

ESTAMOS EN EL NOROESTE rural de Texas. Pero si entrecerraras los ojos, jurarías que es Beverly Hills.

Una hilera de autos BMW, Mercedes y Cadillac se está acercando a la entrada principal del rancho Golden Acres. Los jóvenes acomodadores de coches abren amablemente las puertas. Emergen acaudalados rancheros, ecuestres altaneros y caciques del hipódromo, todos vestidos de gala.

Mientras tanto, nosotros, los cinco "adultos mayores", estamos apretujados adentro de la cabina de un F-150 de 1996 rojo y oxidado. (Lo compramos al otro lado del estado en efectivo, sin título de propiedad, y luego mis hermanos trabajaron en él en la leñera detrás de la casa, igual que hizo Stevie con nuestro primer vehículo de escape, el que debió haber sido el primer coche de Alex.)

–Nuestra camioneta es más vieja que algunos de los chicos que trabajan aquí –dijo Hank, llevando nuestro coche hacia la fila de los acomodadores.

–No te preocupes –contesto, y preparo el efectivo para darle al acomodador–. Nuestro dinero no.

A medida que nos acercamos a la entrada principal, cada uno de nosotros empieza a quitarse con sutileza los guantes de látex que llevábamos puestos (para no dejar huellas en el vehículo), y los guardamos en los bolsillos.

Puedo sentir que los acomodadores y demás invitados nos miran de reojo mientras nuestra camioneta se acerca. Para ellos, debemos parecer vejestorios pobretones que claramente no pertenecen. Somos un estorbo. Pero más allá de eso, no merecemos que ni una segunda mirada.

Y ése es exactamente nuestro objetivo.

–Buenas tardes, señor –dice el acomodador al abrir la puerta de Hank. Lleva puesta una camiseta polo de Golden Acres y apenas puede contener una mueca de disgusto por tener que lidiar con cinco ancianos.

Yo salgo del auto después de Hank.

–No seas malo –crujo con mi mejor voz de viejecita–, y estaciónalo cerca. Mi artritis. No quisiera estar en pie demasiado tiempo.

Antes de que el acomodador pueda entornar los ojos en blanco, pongo el dinero en su mano. Lo mira... y se espabila de inmediato. Es un billete nuevecito de cincuenta dólares.

–¡Sí, señora!

Entramos al rancho.

Nos metemos entre los demás invitados y bamboleamos por el enorme prado hacia el gigantesco establo beige donde se llevará a cabo el evento principal. Casi estamos adentro...

–Señora, señores, alto ahí.

Nos intercepta un hombre compacto que porta un sombrero tejano negro y mastica un cigarrillo sin lumbre. No parece muy amigable. Hasta sin los dos idiotas a su lado –y la Colt Desert Eagle atada a la cadera– sabría exactamente quién es. (Stevie y yo habíamos hecho toneladas de investigación sobre este lugar, después de todo.)

Es Billy Reeves, el petulante y cascarrabias jefe de seguridad de Golden Acres.

–¿Les molesta si tomamos algunas *precauciones*? Éstas son instalaciones libres de armas.

Sí, claro. Sé que es una mentira flagrante. Sólo un pretexto para revisarnos, con la esperanza de encontrar una razón para echarnos.

Pero antes de que cualquiera de nosotros pueda siquiera responder, Billy gesticula con la barbilla, y sus matones comienzan a buscar armas ocultas: nos registran con las manos y pasan varas de detección de metales sobre cada uno de nosotros, por si acaso.

Pero ninguno de nosotros está armado. Así que no encontrarán nada.

–¿Algún problema, joven? –pregunta Hank, y hace que su voz suene suave y rasposa.

–Me temo que podrían estar en el lugar equivocado. Ésta no es noche de bingo –Billy y sus muchachos sueltan risitas burlonas. Los cinco no reaccionamos–. Es una subasta privada. Con una reserva requerida de setenta y cinco mil dólares, en bonos o efectivo.

–¡Oh, no! –exclamo ahora, y finjo sorpresa–. Me temo que la mente me está fallando.

Abro los broches del portafolios de piel que cargo.

–Podría haber jurado que pedían *setenta y seis.*

El maletín está que estalla por las costuras con montones de efectivo.

Los ojos de Billy casi se escapan de sus órbitas. Gruñe y tartamudea, enfadado por haber sido ridiculizado, en especial por una anciana. Él y sus hombres se apartan sin decir palabra.

Todos intercambiamos miradas de alivio.

–Los jóvenes de hoy –dice Hank, negando con la cabeza, y las pesadas arrugas (falsas) alrededor de las comisuras de su boca se pliegan en un diminuta sonrisita socarrona–. No respetan a sus mayores.

Los demás cacareamos, felices por este breve interludio humorístico. *Lo necesitamos.*

Entonces entramos finalmente al establo.

Mientras nos abrimos paso, veo que Stevie está mirando a los otros elegantes invitados a la subasta. Por primera vez, desde que tengo memoria, luce un poco nervioso.

Rápidamente entiendo por qué.

Hasta para el ojo desnudo, parece que prácticamente cada persona aquí tiene un sospechoso bulto escondido bajo el saco o vestido... menos nosotros.

Menos mal que eran "instalaciones libres de armas".

–Por lo visto realmente somos los únicos *limpios* –susurra–. ¿Todavía crees que podamos lograrlo?

Le aprieto el brazo musculoso para reconfortarlo.

Puedes apostar que sí.

3 MINUTOS, 40 SEGUNDOS

STEVIE, HANK, J. D., Nick y yo nos paseamos alrededor del enorme establo al aire libre.

Nos incorporamos a la multitud fingiendo revisar las varias docenas de caballos exóticos en sus corrales antes de que arranque la subasta principal.

Por supuesto que en realidad obtenemos una configuración de primera mano del lugar. Visitamos las salidas. Volvemos a revisar nuestra ruta de escape.

Y buscamos ese último, único componente que aún necesitamos.

Usaremos el primero que encuentre cualquiera de nosotros, pero oficialmente esta parte es mi trabajo. Y no quiero decepcionar a los demás. Me paseo casualmente por el establo pero mantengo los ojos bien abiertos. Me asomo en cada compartimento. Miro alrededor de cada rincón. Nada.

Mientras continúo con mi búsqueda, escucho un caballo que pisa fuerte y relincha en un corral cercano. Sé que en realidad no tengo tiempo, pero hay algo en el sonido que simplemente me atrae.

Una parte de mí todavía tiene un sexto sentido para los animales angustiados, un instinto que desarrollé de adolescente cuando solía montar. Un amigo de mi padre, llamado Angus, era dueño de algunos caballos en una granja a unos cuantos kilómetros. Me dejaba ejercitarlos, con tal de que los alimentara, y limpiara y barriera el establo.

Soñaba con dedicarme al salto ecuestre algún día, incluso con poseer mi propio rancho de caballos, así que era más que un trato justo. Yo amaba a esos animales más que a nada. Llegué a pensar en ellos como míos.

Luego un día, el pobre viejo Angus tuvo un derrame cerebral. Su hijo llegó de Dallas, lo metió en un asilo, vendió el rancho, y con él los corceles, y eso fue todo.

Fue uno de los días más tristes de toda mi niñez. Recuerdo pensar, incluso a esa joven edad, que era una locura cómo un una vida puede cambiar tan repentinamente... tanto la mía como la de Angus. Sin mencionar la de los caballos. Y lo rápido que puede desaparecer el hogar de alguien de toda la vida.

Debo repetirme que *evitar* que eso le ocurra a la nuestra es la razón por la que estamos haciendo esto en primer lugar.

Me dirijo al corral. A través de las barras miro a un impresionante corcel de crin negra y larga, y con patas traseras blancas como la nieve. Es una verdadera belleza.

–Tranquilo, chico –susurro–. No eres el único que siente mariposas esta noche.

Me quedo mirando a los grandes ojos húmedos del caballo, esperando que se relaje. Tratando de establecer un vínculo con él. Extiendo la mano como un ofrecimiento. Camina tranquilamente hacia mí, olfatea y me toca la palma con el hocico.

–¿Y a quién cree que engaña, jovencita?

Todo mi cuerpo se tensa. *Maldita sea, me atraparon, ¡mi disfraz no sirvió! ¡Abortar la misión!*

–No es ninguna compradora de caballos. Es toda una *domadora*.

Me giro rápidamente y miro a un hombre mayor –mayor en verdad– que me sonríe con una serie de coronas blancas como las perlas. Desde su traje de sastre de tres piezas y brillantes botas de piel de culebra hasta su reloj Rolex de oro incluso más brillante, puedo ver de inmediato que es muy rico. Pero de comportamiento amigable. Caballeroso. Casi tímido.

–Y tan *hermosa*, además –agrega, tocándose el sombrero de vaquero de fieltro.

Me doy cuenta de que este anciano no está tratando de desenmascararme. Todo lo contrario.

Está coqueteando conmigo.

–Es muy amable, señor –digo, y fuerzo una sonrisa inocente.

–Me llamo Wyland. Cole Wyland –gesticula hacia el corcel–. También a mí me han gustado siempre los caballos belgas de sangre tibia. Criaturas hermosas, ¿no es así?

Estoy confundida.

Porque está completamente equivocado. Esa no es la raza de este caballo, para nada. ¿Está bromeando? ¿O simplemente no tiene la menor idea? O quizá... ¿podría ser un guardia de seguridad de Golden Acres, vestido de civil, que está *poniéndome a prueba*, o sí?

–En realidad, señor Wyland...

–Cole, por favor.

–Este caballo es un Holsteiner, señor Cole. ¿Ve la *H* que tiene herrada en la pata trasera? Pero es un error común que los confundan.

Cole guarda silencio un momento. ¿Debería de empezar a preocuparme? ¿Lo he ofendido? ¿Acaso él percibe algo extraño?

Pero luego su sonrisa se extiende todavía más.

–¡Resulta que usted tiene belleza *y además* inteligencia!

Está bien, pienso, aliviada. *Basta*. Debo poner fin a esta charla.

–Ha sido un placer, señor Cole. Pero si me disculpa...

Entonces avanzo apresurada antes de que tenga oportunidad de detenerme. Debo continuar. Tengo una carretilla que encontrar.

Tengo un golpe que dar.

1 MINUTO

–¡UN MINUTO PARA DAR inicio! –declara alguien por el altavoz–. ¡Un minuto!

El atrio principal del establo está rebosando de la expectación. La multitud busca sus asientos. Los caballos reciben sus acicaladas finales. El subastador calienta las cuerdas vocales.

Stevie, Nick y yo rondamos por las alas, listos para entrar en acción. Mientras tanto, Hank y J. D. se escurren por una escalera trasera oculta hacia el pajar. Como la mayoría de los pajares en los establos modernos, éste no es funcional. Sirve como decoración.

O, en nuestro caso, *de almacén.*

Mientras se acomoda el público, reviso todos sus rostros y trato de leer a cada uno como lo hice dentro del banco. Me pregunto quién podría darnos problemas. Rezo porque ninguno de ellos –como ese tonto chico que era el guardia de seguridad– decida jugar al héroe.

Pero con cinco veces más personas –y con tantas de

ellas armadas– sé que las probabilidades no están a nuestro favor.

El subastador se acerca al escenario, sonríe y estrecha las manos de varios de los dueños del rancho y otros peces gordos. Enciende el micrófono y le da unos cuantos golpecitos para probar el sonido.

¿Qué demonios le está tomando tanto tiempo a Hank y J. D.?, me pregunto, y comienzo a inquietarme. *¿Alguien metió la pata? ¿No está ahí dentro?*

Stevie, Nick y yo intercambiamos miradas nerviosas. Todos estamos preocupados por lo mismo.

Pero entonces, mi hermano y el que básicamente-podría-ser-mi-hermano reaparecen… cargando un bolso de cuero del tamaño de un estuche de violín. Nos alcanzan. Abren el cierre.

Adentro hay una provisión de rifles de asalto de alta tecnología, aptos para un equipo de SEAL de la Armada.

Llevo toda la vida rodeada de armas, pero nunca había visto nada como esto. Compactas y cuadradas, completamente plegables, y hechas de una aleación ligerísima de titanio verde.

Todos nos ponemos los guantes de látex mientras Hank empieza a repartir las armas. J. D. nos pasa las municiones: tambores de plástico transparente, de bajo calibre, pero de punta hueca y realmente letales. Preparamos nuestros rifles y encendemos sus miras de láser. Las diseñaron para aumentar la precisión al disparar.

Pero ahora las usaremos para aprovechar su factor de intimidación.

–¡Damas y caballeros! –dice el subastador con voz acaramelada. La multitud lanza vítores y aplaude–. ¡Bienvenidos a Golden Acres!

Ésa es nuestra señal.

4 MINUTOS, 35 SEGUNDOS

AHORA, POR FAVOR DEMOS la bienvenida a nuestro primer animal de la tarde. Sebastián, un juguetón Kiger Mustang de dos años de...

Stevie ametralla el techo del atrio con ráfagas automáticas mientras tomamos por asalto el lugar.

–¡Manos arriba, donde pueda verlas!

El establo se llena de miedo y de pánico. La gente grita y resopla y se agazapa y llora. Algunos intentan escapar. Pero en segundos ya estamos todos en posición, vigilando cada salida.

–¡Nadie se mueve, ni un centímetro! –vocifera Stevie y sale sobre el escenario, asumiendo el papel del maestro de ceremonias criminales.

–Si alguien si *intenta* siquiera sacar su arma, ¡será derribado en el acto!

Los demás apuntamos nuestros rifles sobre la multitud ansiosa... sobre el subastador... sobre el furioso Billy Reeves y su incompetente equipo de seguridad... los delgados rayos rojos de las miras rebanan el polvoriento aire del establo como un espectáculo de luces láser de terror.

–Veamos, esto puede ser breve e indoloro... o todo lo contrario –prosigue Stevie–. Todos los que estén aquí con efectivo o bonos al portador, empiecen a deslizarlos por los pasillos. Mis colegas harán una pequeña colecta. Intenten algo... lo que sea... y...

Stevie dispara otra ráfaga de balas contra los travesaños.

Reverberan más gritos de terror a nuestro alrededor.

Pero el público comienza a seguir las órdenes. Lentamente nos van pasando portafolios, bolsas y libros de contabilidad.

–¡Vamos! –ladra Stevie–. ¡Más rápido, más rápido!

J. D. y yo subimos y bajamos por los pasillos, haciendo múltiples viajes, y cada vez juntamos todo lo que podamos cargar con un brazo... y apuntamos los rifles con el otro. Echamos todas las billeteras y bolsos de mano a los pies de Hank y Nick, quienes empiezan a vaciar su contenido dentro de una carretilla gigante de madera que encontré detrás del establo.

En uno de mis viajes, hago contacto visual con Cole Wyland, el amistoso anciano que intentó coquetear conmigo.

Me lanza una mirada asesina. Sólo me encojo de hombros.

Lo siento, señor Cole, pienso. *Supongo que hoy la suerte no le acompaña*.

Subimos y bajamos por las filas. Está empezando a faltarme un poco el aire. Mi brazo está comenzando a cansarse.

Reviso mi reloj: llevamos casi cuatro minutos completos haciendo esto.

Todavía tenemos un ojo de lince puesto sobre el público –en especial Stevie, desde su puesto elevado en el escenario– pero con todo lo que nos hemos estado moviendo, es posible que uno de ellos haya sacado un teléfono en secreto para llamar a la policía.

O quizás una pistola, para intentar tomar la ley en sus propias manos.

Stevie parece haber pensado lo mismo.

–Muy bien, ¡Arre, ya!

J. D. y yo soltamos las bolsas sobrantes que sostenemos, y los cinco "vejestorios" nos reunimos junto a la carretilla, que ya está prácticamente desbordándose con una pequeña montaña de dinero.

Tomamos una formación triangular alrededor, justo como ensayamos, y justo como aprendió Stevie en el Cuerpo de Marines cuando escoltaban a un VIP: Nick empuja, Hank al frente, y J. D., Stevie y yo caminamos detrás, en reversa, en formación de luna creciente.

–Gente, disfruten el resto de su noche –grita Stevie mientras nos movemos hacia la salida. Casi cruzamos la puerta...

–¡No crean ni de broma que se saldrán con la suya!

Mis ojos vuelan hasta la fuente de esa voz rasposa y familiar.

Un furioso Billy Reeves está dando un paso hacia nosotros, y su mano merodea sobre la Desert Eagle en la pistolera.

–Billy, ni lo pienses –advierte Stevie, y apunta el rayo rojo de su rifle de asalto directamente al centro de la sudorosa frente de Billy. Billy traga saliva.

–¡Vamos a darles caza! ¡Yo mismo les haré pagar a todos ustedes por esto!

Pero ignoramos sus amenazas y seguimos adelante. Su voz

cansada vuelve a resonar: "No crean ni de broma que se saldrán con la suya con esta basura!", mientras logramos llegar afuera, al cálido aire nocturno.

Ahora levantamos el paso y casi trotamos a través de la propiedad, dejando un rastro de efectivo que aletea tras nosotros.

Los acomodadores aburridos están sentados, platicando y jugando con sus teléfonos, y se quedan más que atónitos al vernos con nuestros rifles.

Hank apunta su rifle hacia ellos, por si las dudas:

–No intenten nada –ladra mientras corremos hacia nuestro vehículo estacionado en un excelente lugar cercano gracias a mi generosa propina.

Mientras Stevie, Nick y J. D. suben la carretilla a la caja de la camioneta, salto adentro y la cubro con la lona pesada que habíamos enrollado y guardado ahí, atrapando nuestra nueva fortuna debajo de ella.

Hank se desliza detrás del volante, y con la llave extra que cargaba enciende el rugiente motor.

–¡Miren! –grita J. D., y apunta en la dirección de la que llegamos.

Billy, algunos guardias de seguridad y unos cuantos valientes invitados salieron del establo y avanzan hacia nosotros, gritando y maldiciendo, blandiendo sus pistolas en el aire como una película del Viejo Oeste, ansiosos por protagonizar un tiroteo.

Están bastante lejos. Alrededor de unos cien metros, al menos. Ninguno de nosotros está muy preocupado por su puntería.

Pero uno de ellos jala el gatillo.

¡Ping! Una bala respinga salvajemente contra el recubrimiento de metal de la camioneta, justo al lado de donde estoy sentada. Yo suelto un aullido y me agacho por instinto.

¡Dios, estuvo cerca!

Hank ya inició la marcha en la camioneta. Estamos por salir pitando de ahí, pero al ver que le disparan a su hermanita desata una ira en Stevie que nunca había visto.

Con un gruñido furioso, apunta y suelta una ráfaga ensordecedora de fuego automático por la hierba –apenas unos centímetros frente al paso de Billy y su torpe pandilla– lo que los pone a gritar y tambalearse y a correr a cubierto.

Maldición, cuánto quiero a mi hermano a veces.

–¡Vámonos! –le grita a Hank, y la camioneta sale a toda velocidad.

4 MINUTOS, 10 SEGUNDOS

VAMOS A TODA VELOCIDAD por la interestatal... en una Dodge Caravan blanca.

Nick guardó nuestro segundo coche de escape más temprano aquella mañana en la intersección de tres caminos, donde se juntan las carreteras estatales 60, 33 y 93. Hank estacionó nuestra *pickup* roja para que pareciera que nos dirigíamos al norte, cuando en realidad íbamos al oeste. Los policías lo descifrarán, pero nos ganará algo de tiempo.

Y dada la cantidad de dinero que hemos conseguido, tomaremos cada segundo que podamos aprovechar.

Todos seguimos agitados después de un golpe perfecto.

–Mierda, ¡realmente lo hicimos! –exclama Hank, tamborileando sobre el volante de la emoción–. ¿Cuánto creen que conseguimos?

Quitamos los asientos traseros de la minivan anoche para poder meter la carretilla adentro fácilmente. Nick, J. D. y yo estamos ahí atrás ahora, de rodillas, poniendo ligas alrededor de la enorme pila de efectivo y bonos al portador para formar montones ordenados, y los estamos embutiendo en bolsos de lona.

–Medio millón, fácil –dice Nick.

–Intenta *un millón* y medio –lo interrumpe J. D.

Yo guardo silencio. Quedo atónita por sus estimaciones.

Pero alejo ese asombro de la cabeza. Justo ahora, tenemos que concentrarnos en la tarea que nos ocupa: atar nuestro botín antes de llegar a nuestro siguiente vehículo de escape... que está como "¡a noventa segundos!", nos informa Stevie.

Intento trabajar con más velocidad, pero encuentro el tiempo para lanzar una pregunta:

–¿Qué están diciendo los policías?

El viejo aparato que capta la frecuencia de la policía está acomodado en el tablero, igual que durante nuestro robo al banco. Pero todavía no aprendo a descifrar toda esa estática y el parloteo confuso.

Stevie está sentado adelante, con un ojo sobre la carretera y un oído en la transmisión.

–Nos están buscando, vaya que sí. Pero en todos los lugares equivocados. Por ahora.

Noventa segundos después, justo a tiempo, Hank baja la velocidad de la Van mientras nos acercamos a nuestro tercer y último vehículo, un Chevy Impala 1999 plateado, estacionado a un borde del arcén de la carretera.

Al llegar todos salimos de un salto, cargamos seis bolsos de lona llenos a reventar en la cajuela del Impala y nos apresuramos dentro.

Pronto estamos viajando por un camino secundario vacío,

yendo a toda velocidad por kilómetro tras interminable kilómetro de tierra de labranza tejana en cada dirección. Una vez que lleguemos a la carretera estatal 70, quedarán menos de cuatro horas para estar de vuelta en el condado de Scurry.

Menos de cuatro horas para llegar a casa.

Mi arrebato de adrenalina finalmente comienza a desvanecerse. Me arranco la peluca gris, que me pica, y cierro los ojos.

Puedo dilucidar cada grieta en el asfalto. Puedo escuchar cada latido y ronroneo del motor. Comienzo a sentirme en calma. Casi pacífica.

Hasta que una imagen de Alex cruza por mi cabeza.

Por una fracción de segundo –quizá sea porque tengo la peluca desarreglada en el regazo– puedo mirar su enredada melena de rizos castaños. Sus mejillas repletas de esa suave pelusa que pronto daría paso a una barba. Su sonrisa brillante... por la que regalaría cada centavo de lo que acabamos de obtener, sólo por volverla a ver un breve instante.

Una lágrima solitaria corre por mi mejilla. La enjugo, estropea mi maquillaje de anciana y recuerdo cuál fue la razón por que *realmente* ideé todo esto en primer lugar.

La parte más grande y difícil de mi plan está completa.

Ahora tendremos que esperar para ver si funcionó.

5 MINUTOS, 30 SEGUNDOS

EL AGENTE ESPECIAL MASON Randolph acababa de pisar un enorme montículo de mierda.

No, no mierda de verdad. Había pasado suficiente tiempo entre granjas y ranchos durante sus cuarenta y un años de vida para saber que nunca hay que dar un paso sin primero mirar.

Pero ya habían transcurrido más de dos meses desde el asalto a la sucursal del Key Bank en Plainview, y él y su equipo seguían en el punto de partida.

Por ahora.

Sin pistas que condujeran a una investigación, y sin otro golpe similar, muchos en el departamento habían comenzado a especular hacia la teoría de un caso aislado. Un crimen único cometido por un par de novatos cojonudos que por casualidad habían tenido mucha suerte.

Pero, como argumentó Mason en reunión tras reunión de personal, eso no era posible. Creía firmemente que el buró estaba persiguiendo a unos pillos excepcionalmente astutos, especiales... un grupo *que apenas estaba comenzando.*

Rogó e imploró para que mantuvieran el caso activo, y para

poner a más gente a trabajar en él. Pero cuando llegaron a la sexta semana, su supervisor dio carpetazo al asunto.

Así que Mason siguió trabajando en la investigación *en su tiempo libre*. Entraba temprano y se quedaba hasta tarde para seguir pistas en solitario. Comenzó a cobrar cada favor que le debían para entrevistar a testigos y sondear las tiendas de provisiones para fiestas, y descubrir quién había comprado esas máscaras.

El hecho era que, cuando Mason Randolph hincaba el diente en un caso tan jugoso como éste, era como un pit bull ante una chuleta cruda: jamás iba a soltarlo.

Hasta que se hiciera justicia.

Estaba convencido de que los sospechosos volverían a intentarlo. En el momento en que escuchó lo ocurrido en Golden Acres, supo que eran los mismos.

Con una sensación de *déjà vu* durante el viaje en Gulfstream hasta la pista más cercana, Mason le explicó a su equipo sus razones para vincular ambos casos. Modus operandi. Escuadrón de cinco personas. Lenguaje ("¡Manos arriba, donde pueda verlas!") y acento similar del oeste de Texas.

Cientos de kilómetros separaban al banco y al rancho de caballos. Pero con una nueva escena del crimen y nuevos testigos, tenía la esperanza de que el caso pudiera finalmente dar un verdadero paso hacia delante. Podrían atrapar a estos criminales y recuperar la carretada de 1.2 millones de dólares que se habían llevado.

Mason, sus colegas y el buró entero ya habían dejado que

estos hijos de la gran puta se escaparan una vez. No iba a permitir que eso sucediera una segunda vez.

Sin importar lo que tomara.

–Un gusto verlo, señor Reeves –dice Mason, mostrando una sonrisa impertinente al acercarse al malhumorado jefe de seguridad del rancho–. Siento como si apenas hubiera pasado una semana.

Un técnico del FBI está tomando las huellas digitales de Billy en un laboratorio móvil para escenas del crimen, para poder excluir sus huellas de la investigación. Reeves gruñe enfadado y humillado.

De hecho, Mason *sí* lo había visto apenas la semana atrás. Casi en ese mismo lugar, además.

El agente había estado en Amarillo por un homicidio no relacionado, cuando un colega de Narcóticos le pasó información. Había un rumor de que la subasta privada de caballos que se llevaba a cabo cada año en Golden Acres sufriría un golpe. Y fuerte.

A Mason le desagradaba el crimen de cualquier tipo, en especial el prevenible. Así que había subido al auto y conducido setenta minutos al rancho para visitarlo personalmente, para sentarse a charlar con Billy.

Pero al arrogante y canoso malnacido le importó un pepino. Billy le aseguró al agente que su equipo era el mejor en el negocio. Además, si alguien intentaba salirse con la suya durante la subasta, lo más probable es que la mayor parte de la multitud estaría mejor armada que ellos.

Mucho bien no les hizo.

–¿Qué desea, agente Randolph? –gruñe Billy–. Ya le di mi declaración tres veces. Metí la pata. ¿Está bien? ¿Está contento? ¿Cuánto más debo decir? Les gusta burlarse, ¿es eso?

–En realidad, señor –dice Mason, con voz tranquilizadora–. Vine a ofrecerle una disculpa.

Billy frunce el ceño. Ladea la cabeza. Definitivamente no era lo que esperaba escuchar.

–Cuando nos reunimos la semana pasada –prosigue Mason– no logré remarcar la urgencia de la amenaza a su subasta. Lo siento. De haber sido así, estoy seguro de que usted y sus chicos habrían aumentado la seguridad del rancho y se habrían preparado para ello en consecuencia, y probablemente lo habrían frustrado, además.

Billy mira a Mason, cautelosamente primero, luego con aprecio.

–Vaya que sí, maldita sea. Gracias, agente. Es un buen hombre.

Y usted es un estúpido por creerme, piensa Mason. Billy no escuchó una maldita palabra en aquella ocasión. Prácticamente se rio en su cara. Al contrario, este vaquero armado y mediocre le debe una disculpa a *él*.

Pero Mason se guarda esos pensamientos para sí. Sabe que no tiene sentido hacerle la guerra a uno de los mejores testigos con los que cuenta. Así que hoy, *él* será el maduro. Además, para empezar, una de las grandes razones por las que logró convertirse en uno de los agentes más importantes de la región es por su instinto tan pulido para saber cuándo usar vinagre y cuándo miel.

–Si recuerda cualquier otra cosa, señor Reeves, tiene mi tarjeta, ¿cierto?

Con un jaloncito del ala de su sombrero de vaquero, Mason camina a la puerta y sale del lugar.

Enseguida camina por toda la propiedad y observa todo en silencio. Trabaja mejor así: se empapa de toda la imagen, se enfoca gradualmente en las cosas pequeñas y deja que su mente brillante divague y juegue y haga conexiones.

Mason ve a un equipo de técnicos de traje blanco salir del establo; sostienen en las manos enguantadas una vieja bolsa de cuero parecida a un estuche de violín. Interesante.

Dentro del edificio y al otro lado del prado, los técnicos están extrayendo balas, recolectando casquillos de balas usadas, y tomando fotos.

En el lugar de los acomodadores de autos, otros más están haciendo un modelo en yeso de las huellas de neumático de lo que según los testigos era un F-150 de mediados de la década de los noventa, que los tipos malos habrían usado para escapar.

Mason revisa la compleja escena del crimen con solemnidad.

Sí, esta es una gran montaña de mierda. y él está metido hasta las rodillas.

Sudando como cerdo en el calor de julio en Texas, Mason se da palmaditas en el ceño con un pañuelo de encaje bordado con sus iniciales. Aún lo conserva en el bolsillo del pecho izquierdo de su traje. Está viejo y raído, desgastado por años de uso. Mason sabe que no es el accesorio más atractivo, ni el más masculino. Probablemente debería invertir en uno nuevo.

Pero el pañuelo era un obsequio antiguo de alguien muy querido. Y en su línea de trabajo –diablos, en su *vida* entera– no hay tanta gente que se pueda describir de esa manera. Así que el pañuelo no irá a ninguna parte.

De repente, suena el teléfono de Mason y se interrumpe el silencio. Mason contesta, escucha. Apenas puede contener su emoción.

–Gracias, detective. Suena como que este caso acaba de recuperar el camino.

Mason cuelga y regresa trotando a su coche.

Es posible que atrape a estos malnacidos después de todo.

4 MINUTOS, 45 SEGUNDOS

ESTOY PARALIZADA. COMPLETAMENTE CONGELADA.

Mi columna se partió limpiamente en dos.

Mi cerebro le grita a mis músculos que se muevan, pero simplemente no escuchan.

Al menos, así se siente.

Estoy sentado en la casa en la granja, en el pasillo de la segunda planta... justo afuera de la alcoba de Alex. La puerta está cerrada. Y así lleva casi cinco meses.

Finalmente voy a abrirla y empezaré a limpiar su habitación.

Al menos, ésa es mi intención.

Por todas las medidas "oficiales", hace ya algún tiempo que mi hijo desapareció de la existencia al ciento por ciento. Se firmó y se selló y se archivó cada trozo de papeleo. Se canceló su seguro médico. Se removió su nombre como beneficiario en mi testamento. Se cerró su escasa cuenta de ahorros. Se retiró su inscripción a la preparatoria. Se canceló su número de teléfono. Se expidió su certificado de defunción en el Estado de Texas. Se publicó su obituario.

Ante los ojos de la ley, Alexander J. Rourke no existe más.

Pero ante los ojos de su madre, está más presente que nunca.

Sé que ese sentimiento no desaparecerá. Y no *quiero* que lo haga. Alex es y siempre será una parte enorme en mi vida... quizás ahora más que cuando estaba vivo. Su memoria me impulsó a hacer cosas que nunca pensé que podría hacer.

Con todo, su alcoba es un maldito desastre. (Puedo recordar, con tristeza, cómo lo reprendí durante cinco minutos en el desayuno la mañana del día en que iba a morir.) Es hora de empezar.

Respiro hondo. *Estoy lista.*

Acerco la mano centímetro a centímetro a la perilla... más cerca, más cerca... luego respingo al instante al tocar el metal frío, como si fuera metal caliente.

Vamos, Molly. Tú puedes hacerlo.

Me obligo a tranquilizarme. El golpe en la subasta de caballos fue apenas ayer y todavía estoy bastante nerviosa.

Así que quizá *no* estoy lista. Quizás estoy apresurando las cosas, intento hacer demasiado a la vez. Quizá si el universo me enviara algún tipo de señal...

No. Detente.

Bien. Vuelvo a intentarlo. Coloco la mano en la perilla...

¡Y consigo que gire hasta medio camino! El pestillo se pliega un poco y finalmente se libera. Estoy por dar un empujón a la puerta para abrirla...

¡Bum-bum-bum!

Suelto un grito ahogado, sorprendida. Hay alguien en el porche de la puerta delantera.

–¡Oficina del Alguacil! ¡Abran ya!

¡Mierda! ¡La policía! ¿Aquí? ¿Ahora? ¿Pero cómo? ¡Mi plan era perfecto!

Rápidamente me apresuro a bajar las escaleras mientras prosiguen los golpes a la puerta.

–¡Está bien, ya voy! –digo, me esfuerzo por sonar casual.

Paso por el ventanal de la sala y veo que en mi entrada está estacionado un descomunal Crown Victoria, estampado con las palabras OFICINA DEL ALGUACIL DEL CONDADO DE SCURRY.

El corazón me da un vuelco. *No... no puede haber terminado todo. Por favor. Todavía no.*

Hago una pausa en la puerta delantera y me tomo un momento para tranquilizarme... y pensar bien la situación.

Si esta fuera un redada –en la casa de un sospechoso al que "se le considera fuertemente armado e increíblemente peligroso", como escuchamos que nos describían ayer a través de la frecuencia policial– habría mucho más que una sola unidad enfrente. Los policías no llamarían a la puerta, además. La derribarían con exagerada ostentación. Así que quizá sólo quieran hacerme unas cuantas preguntas. Conseguir una declaración. Empezar a encontrar inconsistencias en mi historia y mi coartada.

Cualquiera que sea la razón de la presencia policial, no puedo postergar más lo inevitable. Esbozo mi mejor sonrisa "inocente" en el rostro y abro la puerta.

–¿Señorita Rourke? Soy el oficial Wooldridge. ¿Cómo se encuentra?

Un hombre como de mi edad con uniforme beige y un sombrero vaquero de ala ancha está parado en mi porche. Sonríe. O lo intenta. Parece amistoso, pero un poco incómodo también.

Procedo con tranquilidad, no le ofrezco nada.

–Muy bien, gracias. ¿En qué puedo ayudarle?

–Disculpe si la molesto, señora. Estoy aquí con una solicitud algo inusual. La aprobó el juez del condado que lleva el caso. Pero está en su derecho de negarse, por supuesto, si así le parece mejor.

Sostengo la respiración. No tengo la menor idea de qué podría ser esta "solicitud algo inusual", ni tampoco de a qué "caso" se está refiriendo.

Mientras el patrullero comienza a explicarse, lanza una mirada a su Crown Victoria... y noto que hay un segundo vehículo estacionado detrás. Una furgoneta vieja y blanca. La cual reconozco vagamente, aunque me toma unos cuantos momentos ubicarla.

Entonces caigo en cuenta. Pertenece a los padres de Danny Collier. El mejor amigo de Alex desde primer grado. El que me envió el mensaje de texto desde el teléfono de Alex cuando mi hijo comenzó a convulsionarse en la escuela.

El chico que convenció a mi hijo de que fumara el cristal que lo mató.

El oficial Wooldridge dice que Danny y sus padres vinieron

a casa porque Danny quería hablar conmigo. Pedir una disculpa.

–Es parte del trato, verá, que el abogado de la familia negoció con la corte –dice el oficial, casi avergonzado–. Es menor de edad. así que no irá a la cárcel. Pero hay otras sanciones que el juez Thornton puede imponerle. Si Danny es capaz de mostrar que está asumiendo la responsabilidad de sus acciones, que muestra arrepentimiento por sus actos, que se comporta como un hombre...

Entiendo. Pero estoy increíblemente anonadada.

Había escuchado rumores sobre el proceso judicial de Danny, pero hice lo que pude para mantener la distancia. Y justo ahora, *casi* preferiría que el policía me estuviera interrogando a mí sobre el robo al banco y el golpe a la granja de caballos.

Cualquier cosa antes que carearme con quien vio por última vez a Alex.

En realidad no puedo culpar a Danny por la muerte de mi hijo. Y en realidad no lo hago. Como dijo el oficial, sólo es un chico. Los dos lo eran. Dos niños tontos que jugaban con basura, que probaban sustancias ilícitas. Eran amigos cercanos. Estoy seguro de que Danny está tan alterado por lo que pasó como cualquier otro.

Tan pronto como él y sus padres bajan de su furgoneta, veo que estoy en lo correcto.

Luce tan delgado, casi cadavérico, y exhibe oscuras ojeras debajo de los ojos. Sus padres se quedan junto al coche mientras él se acerca a mi puerta delantera, arrastrando los pies. Con la mirada en el suelo, masculla un "Hola, señorita Molly", luego despliega una carta escrita a mano, conteniendo los nervios.

–Alex... Alex era como mi hermano. Era verdaderamente genial, y era divertido pasar el tiempo con él. Me encantaba compartir historietas con él. Y salir a acampar juntos. Hasta me prestó su motocicleta algunas veces cuando la mía se averió. Lo que fue genial de su parte.

Danny traga saliva sonoramente, luego prosigue.

–Lo que sucedió la primavera pasada fue el peor día de mi vida. Fue tan estúpido. Eso lo puedo ver ahora. Daría todo el tiempo del mundo para volver atrás y...

–Detente, por favor –susurro.

Danny finalmente levanta los ojos para mirarme. Tiene los ojos inyectados de sangre y húmedos de lágrimas. Le tiemblan los labios. Puedo ver que su dolor es real, que su culpa es genuina. No quiero escuchar más.

No puedo.

Luego tengo una idea.

–Ninguno de nosotros puede volver atrás y cambiar el pasado –le digo–. Pero lo que podemos hacer, lo que *tenemos* que hacer... es mantener viva la memoria de Alex. Espera aquí un minuto.

Desaparezco en la casa, luego me dirijo al porche trasero. Vuelvo a aparecer en la puerta delantera unos cuantos segundos después... y empujo la brillante moto de montaña de Alex. Una ofrenda de paz.

–Cuando la uses, piensa en él. En lo bueno que era. En cuánto le gustaba.

Danny asiente y toma los manubrios, casi con asombro.

–Eso haré, señorita Molly –dice, limpiándose la nariz con la manga de su camiseta, de repente como si tuviera diez años menos–. Lo prometo. Lo haré.

5 MINUTOS, 5 SEGUNDOS

MASON DETESTA ESTA PARTE.

Él es un investigador. No es bueno para dar discursos. Y definitivamente no es el mejor para lanzar gritos de guerra. Pero cada tanto, sabe que debe levantar el ánimo de las tropas. En especial cuando están bajo su comando.

–¡Muy bien, escuchen!

Como agente especial a cargo de la investigación conjunta de los casos Key Bank y Golden Acres, Mason se dirige a una sala repleta de agentes federales, oficiales de Texas, alguaciles de condado y –debido a la información de Narcóticos y la posible conexión con las drogas– un agente de la DEA.

El grupo tomó prestada una pequeña sala de conferencias en un cuartel de la policía local del cercano pueblo texano de Pampa. En realidad, la sala es demasiado pequeña para la docena de patrulleros –la mayoría con sobrepeso– hacinados dentro, pero al menos cumple con una necesidad básica. El aire acondicionado funciona.

–Esto será rápido, pronto podrán volver allá fuera –dice Mason, firme y alentador–. Pero para ponerlos a todos al día...

Mason comienza por resumir todo el progreso que se ha hecho desde el golpe de ayer en el rancho de caballos. Las últimas veinticuatro horas han sido un torbellino salvaje.

Para empezar, el número serial del billete de cincuenta dólares que se le dio al acomodador de coches coincide con uno de los billetes marcados que se tomaron durante el robo de Key Bank.

–Tomando en cuenta la posibilidad de un millón a uno de que sea una coincidencia –agrega Mason– si cualquiera de ustedes duda que estos dos crímenes están conectados, les sugiero que compren un billete de la lotería.

Después, se descubrió un F-150 1996 rojo, que concuerda con las descripciones de los testigos –y cuyos neumáticos coinciden con las huellas que se encontraron frente a la estación de los acomodadores–, estacionado en dirección norte por la carretera estatal número 83. Al principio, las unidades enfocaron la persecución en esa dirección, pero también barrieron hacia el oeste y el sur, por si la posición de la *pickup* fuera para desviar la atención–cosa que muchos coincidían probablemente era el caso. Pero el rastro se había enfriado ahí.

–El equipo forense está desarmando la camioneta mientras hablamos. Todavía no han hallado algo que sirva. Sospecho que nuestros perpetradores fueron lo suficientemente listos para usar guantes.

Mason continúa su discurso compartiendo que ya se están analizando las balas y casquillos recuperados en un laboratorio de El Paso.

A diferencia de los cartuchos de rifle del banco, que tenían cerca marcas balísticas únicas, esta vez los técnicos pudieron extraer mucha información. Lo más probable es que las rondas se dispararan de un CZ-805 BREN, un rifle de asalto de tecnología de punta, de grado militar. Diseñado y fabricado en la República Checa, este rifle es utilizado por las unidades de élite de la policía y los equipos de fuerzas especiales de todo el mundo, incluyendo a los federales mexicanos.

–Los cárteles de México también los usan –agrega enfáticamente la agente Marissa Sanchez de la DEA–. Se está volviendo su arma predilecta. Estamos comenzando a ver que más y más de esas máquinas asesinas cruzan la frontera.

Una ola de murmullos de disgusto cruza la sala.

Luego Mason suelta la bomba más grande de todas.

Apenas horas después del golpe de ayer, entró una llamada anónima que ayudó a ubicar dónde se compraron las máscaras presidenciales de Halloween usadas durante el robo al banco: la tienda de provisiones para fiestas Celebration Nation justo en las afueras de Midland.

–Corrí hasta allá para encargarme personalmente –dice Mason–. Resulta que el dueño borra los videos de vigilancia que toma dentro la tienda después de noventa días. La suerte nos dejó entrar en el rango, con apenas unos días de sobra.

Mason reproduce la cinta granulosa en blanco y negro para que la vea el grupo reunido. Muestra a un hombre mayor –con lentes de sol gigantes y una cachucha de beisbol de la Universidad de Texas sobre el cabello blanco, largo y ralo– que paga en efectivo las cinco máscaras de hule: Lincoln, Washington, Nixon, Reagan y Kennedy.

–Lo enviamos a Quantico para un reconocimiento facial –agrega Mason–. Y hemos cubierto cada oficina del gobierno con la fotografía desde aquí hasta Tucson y Nuevo Orleans. Ahora, obviamente...

–Algo huele mal, agente Randolph.

Mason no ha escuchado esa voz en más de dos meses, pero la reconoce al instante.

Es el oficial de Texas de rostro arrugado, John Kim, en pie al fondo de la sala, con los brazos cruzados sobre la barriga. El mismo oficial local que guio a Mason por la escena del crimen en el banco de Plainview... y que le mostró al agente más que un poco de actitud.

–Nueve semanas de nada, ninguna pista, ni una sola. ¿Y luego *esto*, envuelto para regalo, con moño encima, el mismo día que "la banda" golpea por segunda vez? Lo siento, pero no lo compro.

–Ah. Oficial Kim. Si recuerdo bien, dijo que mi búsqueda del comprador de esas máscaras era... ¿cómo dijo? "como buscar una aguja en el pajar", me parece.

–Solo digo... *¿por qué ahora?* Estos tipos caminaron sin un rasguño con uno punto dos millones en billetes verdes. Piense en todo el trabajo, toda la planeación que les llevó hacerlo. Ahora, ni cinco horas han transcurrido desde entonces, ¿y alguien decide cantar?

Mason ya había anticipado ese argumento, y tiene una teoría al respecto. Varias teorías, de hecho.

–Quizás el líder se volvió codicioso. Quizás hubo una pelea. Disconformidad en las filas. Quizás un cómplice sintió que no estaba recibiendo su parte justa de las ganancias, así que levanta el teléfono para tratar de deshacerse de algunos del grupo.

Kim considera todo eso. Y a pesar suyo, asiente. El agente tiene un punto.

Pero luego, por si acaso, Mason agrega:

–Me aseguraré de preguntárselos. Cuando los atrape. *A todos.*

3 MINUTOS, 15 SEGUNDOS

MALDICIÓN, QUÉ BIEN SE siente bajar la capota y sentir el viento en el cabello.

Cierto: sólo voy a unos diez kilómetros por hora.

Y no estoy en un convertible; estoy manejando nuestro viejo tractor Deere por los campos cubiertos de hierba de nuestra granja de cuatro hectáreas.

Aun así, me encanta. Siempre me ha encantado.

Me recuerda cómo se siente ser una niña de nuevo.

Cuando era pequeña, siempre había millones de tareas que mis hermanos y yo teníamos que hacer en la granja. Deshierbar, juntar hojas, cortar madera... Y como la mayoría de los chicos, Stevie, Hank y yo discutíamos sobre quién tenía que hacer qué cosa.

Para ponerle fin a las riñas, mi padre ideó un ingenioso sistema de premios y castigos, adecuado a las preferencias específicas de cada uno de sus hijos. Los dos que terminaran sus deberes semanales primero podían hacer algo que amaran. El que terminara en tercer lugar no podría hacerlo.

En el caso de Stevie, el futuro infante de marina, el premio era disparar a las viejas latas y botellas con uno de los rifles de verdad de su padre. Y el castigo era sufrir la confiscación de su carabina de aire comprimido por un par de días.

Para Hank, el atleta, el premio consistía en lanzar el balón de futbol americano con el viejo.... y el castigo en prohibirle ver un juego de los Astros o de los Vaqueros.

En mi caso, la penalización era tener que saltarme el postre en tres comidas al hilo (siempre he sido golosa, lo admito.) Pero mi recompensa era sentarme en el regazo de papá mientras él conducía el tractor por la granja, cortando la hierba. Yo solía reír y chillar de la emoción mientras avanzaba con un estrépito. Recuerdo la velocidad, la sensación de peligro, pero que siempre me sentí segura y protegida en los brazos de papá.

Bien entrada mi adolescencia y los años de adultez, seguí conduciendo el tractor y cortando el césped cada vez que tenía oportunidad de hacerlo. El día en que murió mi padre, lo encendí antes del funeral. Luego volví a montarlo después del servicio, en un intento desesperado de recrear esa sensación de seguridad.

Cosa que supongo estoy intentando conseguir ahora.

Aunque también estoy celebrando.

Estoy revisando cada centímetro cuadrado de nuestra preciosa tierra de labranza, saboreando cada uno de ellos. Porque llegó la palabra oficial del banco.

¡Seguirá siendo nuestra!

Por lo visto, el pago único de doce mil dólares que mi familia "milagrosamente" logró "juntar" gracias a que nos "apretamos el cinturón" fue apenas suficiente para evadir el penoso embargo.

Todavía estamos en el agujero. Pero al menos estamos finalmente en proceso de salida. Todavía debemos de ser muy cuidadosos, por supuesto. No podemos ceder a la tentación y pagar con demasiada rapidez...

Pero por ahora, las cosas van bien. Podemos respirar tranquilos.

¡La granja de la familia Rourke quedará en manos de la familia Rourke!

Doy vueltas por nuestra propiedad, disfrutándola más que nunca. El alivio, la dicha, la sensación de logro que siento son indescriptibles. Estoy tan ensimismada que...

Casi no noto la gigantesca nube de polvo que baja rodando por el distante camino rural. Éste no es un fenómeno natural.

Bajo la velocidad del tractor hasta llegar a la barda y veo cómo se acerca hacia mí... *cada vez más horrorizado.*

Es una caravana de brillantes todoterreno y camionetas Suburban negras, cada uno con luces azules y rojas que parpadeaban en los parabrisas.

Maldición. Sin duda ése no es el alguacil local.

Tienen que ser los federales.

Mientras los miro avanzar, con creciente pánico, me pregunto adónde pueden estarse dirigiendo.

En todo caso, si están viajando a toda velocidad por aquí, sólo puede significar una cosa.

Nos descubrieron.

6 MINUTOS, 30 SEGUNDOS

LOS HABÍA DESCUBIERTO.

Después de que Mason colgó esta mañana con un colega en la Unidad de Análisis Forense de Audio, Video e Imagen del Laboratorio de Evidencia Digital del FBI, con sede en Quantico, no podía evitar sino dar un puñetazo al aire de la emoción.

Otra de sus corazonadas, de su "buscar una aguja en el pajar", como podría llamarlo Kim, el quisquilloso oficial de Texas, había dado resultados.

Mientras que los agentes locales y federales buscaban al hombre de largo cabello blanco con la cachucha de beisbol de la Universidad de Texas que capturaron en video comprando las máscaras de Halloween, Mason viró su atención a la llamada que lo había llevado hasta él en primer lugar.

Había llegado por la línea nacional telefónica de informes del buró que, para poder alentar a los informantes a ser lo más comunicativos posible, se *supone* es completamente anónima.

Para frustración de muchos agentes, realmente lo era.

Pero el buró tenía bastantes otras prácticas mañosas. Usaba

muchas maniobras, estrategias y tecnologías sobre las que intencionalmente engañaba al público.

Cuando se trataba de la línea directa anónima, el protocolo era impenetrable. Se grababan las llamadas pero nunca se podían rastrear hasta un número o locación específicos. Era deliberado que el sistema telefónico estuviera privado del todo de esa capacidad, sólo en caso de que a algún agente demasiado entusiasta se le ocurriera intentarlo.

Cosa que a Mason le parecía bien. Entendía la razón de la política y la respetaba. Siempre fue del tipo de agente que juega según las reglas. Hacerlo de otra manera, sentía, sería descuidado e imprudente. Mason era astuto, creativo, increíblemente riguroso: meticuloso. A veces podía ser casi obsesivo.

Pero siempre seguía el procedimiento correcto. *Siempre.* Fue así como su carrera se elevó tanto y tan rápido. Y, por más importante que fuera este caso, no sería distinto.

Así que Mason no podía *rastrear* la llamada anónima.

Eso no significaba que no pudiera *escucharla* muy, muy atentamente.

Saltaron tres grandes claves de inmediato. El hombre que llamaba estaba susurrando, pero tenía el mismo claro acento del oeste de Texas que los ladrones. En segundo lugar, podía escucharse un silbato de tren que se acercaba en el fondo. En tercer lugar, la llamada terminó con el inconfundible *clang* de un auricular de plástico que era colgado en una horquilla de metal.

Cosa que era una excelente noticia. Significaba que la

llamada seguramente fue realizada desde un viejo teléfono público, y no uno privado. Y *eso* significaba que había posibles testigos.

Mason y su equipo pusieron manos a la obra. Llamaron a Amtrak y a toda compañía privada de trenes en el suroeste. Hicieron mapas cuidadosos de las locaciones exactas de cada tren en el oeste de Texas en la fecha y hora (15:19 horas) en que se hizo la llamada.

Después, hicieron referencias cruzadas de las locaciones de todos los teléfonos públicos que funcionaban en la región. Había tan pocos que servían todavía que resultó mucho más fácil de lo que habían pensado.

En poco tiempo, habían reducido las opciones a tres posibles casetas en los condados de Garza, Dawson y Scurry. Enviaron equipos forenses. Levantaron cientos de huellas distintas de los teléfonos de Garza y de Dawson... pero sólo como una docena del de Scurry, ubicado afuera de una mugrienta estación de servicio Shell, lo que sugería a Mason que la habían limpiado recientemente.

Le dio instrucciones a un agente que hiciera y grabara una llamada similar desde ese teléfono público a precisamente las 15:19 el siguiente día, asegurándose de que incluyera el silbido del tren que se acercaba y el sonido de colgar, para hacer un análisis digital.

Justo esta mañana, un técnico del laboratorio de audio del FBI allá en D. C. llamó a Mason para decirle que, con una certeza de 96.3 por ciento, *los sonidos eran los mismos.*

Ése era el método Mason Randolph. Deliberado, metódico, *exitoso.*

Mason llevaba las últimas tres horas conduciendo por la autopista I20. Una interminable extensión de desierto plano y arenoso en cada dirección, no tan distinto de la superficie de la luna.

Pero justo ahora, está agazapado junto a un arbusto que crece a un costado de la carretera. Tiene el vehículo orillado sobre el arcén, con las intermitentes parpadeando.

Avistó algo entre la maleza, y simplemente tuvo que parar.

Con un suspiro contemplativo, Mason coloca el artículo en una bolsa de plástico grande para evidencias, cuidando de no desacomodarlo. Se incorpora. Está usando lentes de sol de aviador, espejeados, pero aun así tiene que entrecerrar los ojos. El cegador sol de mediodía es así de brillante.

De vuelta en su auto, la bolsa de evidencia colocada en el asiento de pasajeros junto a él sin sellar –dos flagrantes violaciones de la política del FBI que el agente típicamente venera– Mason se está acercando al final de su viaje. Está en camino al condado de Scurry para encontrarse en la estación de Shell con algunos compañeros agentes que ya están dando seguimiento a las pistas y entrevistando a posibles testigos oculares.

Pero cuando Mason da vuelta por la salida 174, pasa junto a un letrero que dice BIG SPRING-CONDADO DE HOWARD... y no "Scurry".

De hecho, dejó atrás la salida de Scurry hace unos ciento treinta kilómetros... y siguió avanzando.

Mason estaciona su auto frente a una casa móvil bien

cuidada y de doble anchura, situada en un modesto terreno con el césped recortado. Sale y lleva la bolsa de plástico con evidencia consigo. Llama a la puerta. Espera.

Finalmente atiende al llamado una mujer menuda y amable de setenta y dos años, con largas trenzas grises.

–¡¿Mason?! ¿De verdad eres tú?

La mujer se queda paralizada, con la boca completamente abierta por la sorpresa.

–¡No... no lo puedo creer!

–Hola, Ma.

Mason envuelve a su madre en un abrazo apretado.

Pamela Randolph prácticamente suelta chillidos de felicidad. Cuando finalmente termina el abrazo, da un paso atrás. Se enjuga las lágrimas de felicidad y mira a su hijo pacientemente. El traje sastre. La brillante insignia del FBI en el cinto. La deslumbrante sonrisa.

–Mi muchacho, tan guapo...

–Ma, usted tampoco luce nada mal...

Pamela le da un alegre bofetón a Mason, luego da la media vuelta y llama:

–Joe, ven rápido, ¡es Mason!

–¿Quién? –vocifera una voz tosca.

–¡Mason!

–Dile a ese malnacido que sea lo que sea que esté vendiendo, ¡no lo necesitamos!

Una minúscula pausa de tensión... luego Mason y Pamela estallan en carcajadas a la vez.

Es una vieja broma de familia. Hace años, cuando Mason

apenas se había graduado de la academia, tuvo que quedarse en Houston a trabajar en un importante caso de cuello blanco durante las vacaciones. No parecía que lograría llegar a casa a tiempo para Navidad, para después conducir durante siete horas seguidas para cruzar el estado, Mason llegó justo cuando su familia estaba por iniciar la cena de Nochebuena. Como su teléfono había muerto, lo único que podía hacer era llamar a la puerta... la cual al principio su padre se rehusó a atender, pues pensaba que debían ser personas que cantaban villancicos o en busca de donativos, o algún vendedor viajero excepcionalmente impertinente.

Tantos años después, y todavía usaban aquella broma cada vez que Mason llegaba sin avisar a la casa donde creció. Claro, ya se había vuelto un poco cursi. Un poco predecible. Pero a Mason no le molestaba ni un poco. La consistencia, la fiabilidad, constancia: ésas eran cualidades que tanto amaba en sus padres, un matrimonio sólido con cincuenta y un años de historia.

–No te quedes ahí parado, bobo. ¡Entra ya!

A Mason le parte el corazón, pero tiene que rehusar la oferta.

–Cómo quisiera. Pero estoy trabajando. Sólo paré por aquí para darte éstas.

Mason retira el contenido de la bolsa de evidencia, y a Pamela se le iluminan los ojos.

Es un ramo de flores silvestres de la zona, recogidas junto al camino: rosas de montaña, margaritas, siemprevivas.

Mientras lo toma con una enorme sonrisa, Joe Randolph

llega bamboleándose hasta la entrada lentamente, por su artritis y por el tanque de oxígeno que tiene que arrastrar consigo, pero tan rápido como puede, porque su hijo está ahí.

–Cielos, qué gusto verte –dice, estrechando a Mason en un abrazo de oso.

–Lo mismo digo, pa. ¿Cómo te sientes?

Joe se encoge de hombros. Al igual que su hijo, no es de los que se queja, sin importar qué tan dura sea la vida.

–No pensaba que te veríamos por otras dos semanas más –dice para cambiar el tema de su salud–. Déjame adivinar. ¿Tienes un caso por aquí?

Mason asiente.

–Estoy siguiendo una pista en Scurry. Pensé en pasar a saludar.

–Bueno, pues nos da gusto que lo hicieras –dice Pamela, sus párpados revoleteando todavía de la dicha.

Luego la expresión de Joe se torna seria. Aferra el hombro de Mason, con un apretón que tiembla por la edad, pero todavía firme como el hierro. Mira a su hijo directamente a los ojos.

–Quien sea que persigas, lo que sea que hayan hecho... ¿vas a atraparlo?

–Pa... *puedes apostar a que sí.*

6 MINUTOS, 15 SEGUNDOS

NUNCA PENSÉ QUE LLEGARÍA este día.

Queridos hermanos...

No en toda mi vida.

Estamos aquí reunidos...

Quiero decir, nunca pensé que este día *volvería* a llegar.

...para celebrar la sagrada unión de Margaret Elizabeth Rourke...

De repente me siento como si tuviera dieciséis años otra vez, tan risueña como la primera vez que fui a mi fiesta de graduación. Tan hermosa como la primera vez que me coronaron como Señorita Condado de Scurry.

Pero como un millón de veces más feliz que la primera vez que fui... una novia.

Charlie no era un hombre malo. Sólo era muy joven. Los dos éramos unos niños todavía, tontos y embriagados de amor. Embriagados por la *lujuria*, a decir verdad. (En el caso de Charlie, a menudo estaba embriagado con otras cosas, también.) Cuando me embaracé a los veinte años, me sorprendió cuando hizo lo que el consideró que era lo mejor. Me propuso matrimonio... aunque yo no estaba segura de qué era lo que yo quería.

Cuando el juez del condado en nuestra simple ceremonia en el juzgado nos hizo esa gran pregunta, pensé que estaba siendo coqueta y adorable cuando dije con una sonrisa: *Supongo* que sí. Ahora entiendo que eran mis dudas que burbujeaban hasta la superficie.

Me di cuenta muy pronto que debí haber escuchado aquel instinto.

Charlie nos dejó a mí y a mi bebé en menos de un año.

Pero eso fue hace mucho tiempo. Hace toda una vida. Hoy realmente estoy contrayendo matrimonio con el hombre de mis sueños. Y nunca había estado más segura de algo en la vida.

Es bueno y cariñoso y decente y leal, con un cerebro tan grande como su corazón.

Me apoya en cada cosa que hago, grande y pequeña.

Puede hacerme reír hasta que ya no logro respirar.

Pero, más que nada, se quedó a mi lado y me ayudó a superar el periodo más oscuro de mi vida. Me mostró la luz justo cuando pensaba que nunca volvería a verla.

Y, ah, sí... luce sexy como el carajo con su traje recién planchado.

... que hable ahora o que calle para siempre.

Me quedo mirando hacia toda la gente sentada a nuestro alrededor, muchos de los cuales viajaron desde lejos hasta nuestra amada granja familiar, este pequeño grupo de los más queridos y cercanos, todos con grandes sonrisas a pesar del ardiente sol de agosto de Texas.

Al ver todos los rostros, me doy cuenta del grado en que esta boda es un verdadero asunto familiar.

Estoy en pie bajo una pérgola de madera construida por mi hermano Hank, decorada con flores silvestres recolectadas y bellamente acomodadas por su esposa, Debbie.

Mi hermano Stevie me llevó al altar. Incluso podría jurar haber escuchado al varonil infante de marina jubilado sollozar.

El velo de novia de mi propia madre representa "lo viejo", ligera y sedosa como telaraña, y guardada en el ático por tantos años.

"Lo nuevo" es una liga de encaje que me dio mi cuñada, Kim, en el picnic y despedida de soltera tan tranquilo pero enormemente divertido que organizó para mí el fin de semana pasado.

"Lo prestado" es un par de aretes que son de mi futura suegra, una mujer cálida y amorosa con quien me he vuelto muy cercana.

Y "lo azul"... bueno, eso no fue tan sencillo. Lo tengo metido entre el corsé. Su borde de metal aprieta suavemente pero con firmeza la piel sobre mi corazón.

Muy apropiado, pienso.

Es un cochecito de juguete color azul plateado que era de Alex.

Cuando niño, jugaba con él constantemente. "Mora azul", le decía. Algunos niños tienen cobijitas o animales de peluche que cargaban como consuelo. Mi hijo tenía un pequeño cochecito de juguete apodado como su golosina favorita.

Y ahora soy *yo* la que lo carga como consuelo. Un recordatorio de que, incluso en el momento más feliz, una parte de mí siempre estará adolorida.

Pero un recordatorio también de que, aunque Alex ya no esté con nosotros en persona, me acompaña en este día.

¿Quién entrega a esta mujer en matrimonio a este hombre?

Stevie da un paso adelante.

–Yo.

Con un abrazo y un beso en la mejilla, y susurrando un "te quiero, hermanita", me entrega a mi futuro esposo.

Y luego llega el gran final.

–Tú, Margaret Elizabeth, tomas...

–Sus amigos sólo la llaman Molly, reverendo –dice mi prometido con una gran sonrisa. Se escuchan carcajadas todo alrededor.

–Tú, *Molly* –dice nuestro oficiante con una sonrisa cálida.

Escucho un emocionado susurro desde la multitud a mis espaldas. El clic continuo del obturador. Ésta es la parte favorita de todos en una boda. La mía, también.

–¿... tomas a este hombre como tu legítimo esposo?

El pastor continúa... pero mi cuerpo de repente se tensa con un destello de pánico.

Esa palabra: *legítimo*.

La ley. La policía. Esa caravana de federales que entró a toda velocidad al pueblo hace semanas.

Estamos tan cerca de lograr mi "tremendo plan"... ¡pero la policía se está acercando cada vez más!

No, no pueden atraparnos, pienso. No ahora. Ni nunca. Hemos llegado tan lejos. Hemos arriesgado tanto. Perderlo todo ahora... *no, no, no...*

–... hasta que la muerte los separe?

Esas palabras tan familiares me sacaron de mi pánico interior. Intento tranquilizarme. Esos pocos segundos de silencio se sienten como una eternidad para la congregación. *¿Qué está pensando?*, deben preguntarse. *¿Estará cambiando de opinión?*

Lejos de eso.

Quiero que las siguientes palabras que diga sean inmaculadas. Hace tantos años las dije con tan poco ahínco, con tanta duda y expectación.

Esta vez no.

–Sí –digo finalmente con un dulce susurro, mientras los ojos se me humedecen de lágrimas de dicha.

–Por supuesto que sí.

4 MINUTOS, 30 SEGUNDOS

–CONSIDEREN QUE CADA UNO de ellos estará fuertemente armado... y dispuesto a morir.

En los casi veinte años de Mason en el FBI, ha usado esa frase para describir a un grupo de sospechosos sólo un puñado de veces.

Una vez fue un grupo de milicia radical y antigobierno oculto en las crueles montañas Belmont en el oeste de Arizona.

Otra vez fue una célula terrorista islámica que se sospechaba había planeado hacer estallar un rascacielos en el centro de San Antonio.

La tercera fue una pandilla de operativos que eran antiguos miembros de las fuerzas especiales mexicanas, contratados por un cártel de drogas de Sonora para contrabandear treinta y seis millones de dólares en cocaína a Corpus Christi por medio de un submarino soviético robado. Sí, un submarino soviético.

Ahora Mason estaba en el polvoriento Hobart, Texas, pequeña población de apenas más de diez mil habitantes, y aplicaba esa etiqueta a un grupo variopinto de ladrones de banco y saqueadores de subastas de caballos, sin mencionar presuntos traficantes de armas, narcotraficantes y blanqueadores de dinero.

En las últimas semanas, Mason explica a su público, el caso ha progresado rápido. La estación Shell desde donde se hizo la llamada anónima tenía bastantes cámaras de seguridad... pero sólo apuntaban hacia las bombas y dentro de la tienda, y no al teléfono público de atrás. ("¿Qué sentido tiene siquiera *tenerlas*", gruñó Mason al escuchar las noticias, "si no puedes verlo todo?").

Aun así, el cajero que trabajaba esa tarde recordaba bien al que hizo la llamada, y pudo proporcionar una descripción vívida de la escena. Se distribuyó un esbozo rápidamente entre estaciones de policía, oficinas postales y periódicos locales en toda la región. Antes de que pasara mucho tiempo, empezaron a llover los avistamientos.

Justo ahora, Mason está parado frente a una gigantesca sala rectangular, un pasillo de la organización de Veteranos de Guerra en el Extranjero ubicado a las orillas del raquítico centro de Hobart. Los tacones de sus botas vaqueras hacen un suave *clic* sobre el suelo beige de linóleo mientras camina de un lado al otro y hace contacto visual con cada una de las personas sentadas frente a él.

La última vez que Mason tuvo una sesión informativa como ésta, entre múltiples agencias, fue en la apretujada sala de conferencias de una estación rural de policía cerca de la frontera entre Texas y Oklahoma.

Hoy, hay *cuatro veces* esa cantidad de agentes, alguaciles y oficiales reunidos ahí, y a duras penas hay espacio suficiente para todos.

Pero ésa no es la única diferencia.

Esta sesión no es sólo para brindarles información sobre los avances logrados.

Es también un informe de operaciones tácticas.

–Creemos –dice Mason– que los sospechosos mantienen su base en una granja a sólo unos cuantos kilómetros de aquí. Dos o más podrían ser parientes de sangre.

Sobre la pantalla blanca detrás de él se proyecta una fotografía aérea gigantesca y de altísima resolución del terreno sinuoso en cuestión: múltiples hectáreas de tierra y hierba, unas cuantas estructuras distribuidas por doquier (incluyendo una pequeña leñera), con una breve entrada para coches que lleva hasta una modesta casa de rancho.

–Los registros del condado dicen que han sido propietarios de esta tierra durante décadas –prosigue Mason–. Generaciones, incluso. Y aun así...

Mason asiente hacia la agente especial Emma Rosenberg, una analista cerebrito y muy nerviosa que tomaron prestada de la unidad forense de delitos contables y financieros: básicamente una contadora pública certificada, pero con insignia y pistola. Ella simplemente parpadea en dirección a Mason, confundida, pasmada... hasta que entiende que es su turno al habla.

–Ah, sí, correcto, mis disculpas –dice Rosenberg nerviosamente, y se ajusta los anteojos gruesos con marcos de plástico–. Mi investigación concluyó que en doce de los últimos dieciséis trimestres fiscales, tras la inspección de los activos fiscales acumulados de cada supuesto residente y de sus ingresos brutos, y tras compararlos contra los pasivos totales de la propiedad, sujetos a gravamen y demás...

–Ay, ¡ya suéltelo, cerebrito! –dice el buen oficial Kim con una sonrisita socarrona. Está recargado contra una pared y exhibe un montón de tabaco para masticar detrás del curtido labio inferior.

La agente Rosenberg se eriza. Es una yanqui estirada, ofendida por la actitud de ese texano.

–Esta gente –responde ella bruscamente, esta vez con un tono más frío en la voz– paga mucho más en impuestos de propiedad, mantenimiento y tarifas bancarias de lo que gana en ingreso reportado.

–En otras palabras –dice Mason, interrumpiendo para retomar el hilo– están gastando dinero que no se supone que deben tener. Son *criminales*. Ahora...

Se vuelve a la imagen proyectada de la granja, y con un apuntador láser rojo indica secciones y rasgos específicos.

–Como podrán ver en esta foto de vigilancia con *drone* tomada alrededor de las cinco de la mañana, el complejo tiene exactamente cero puntos de entrada sin vigilar. No hay nada más que bardas altas, campos visuales largos y poca cubierta. No será fácil entrar, incluso si no estuvieran armados hasta los dientes con rifles de asalto, como suponemos que estarán.

–Nada que mis chicos no puedan manejar, jefe.

Ese gruñido de voz pertenece al agente Lee Taylor, un ex Boina Verde encanecido y sólido, y actual comandante del equipo SWAT del FBI en El Paso. Dados los enormes riesgos de la próxima redada en el rancho, hizo el viaje de seiscientos cincuenta kilómetros para planear la misión y supervisar a su gente en persona. Y Mason está muy contento de tenerlo aquí.

Después de un gesto de agradecimiento con la cabeza hacia Taylor, Mason pasa a la última diapositiva: una selección de fotos de múltiples sospechosos masculinos, cada uno de apariencia más temible que el siguiente.

–Éstos son nuestras blancos. Memoricen sus rostros mejor que los de sus hijos. Porque *no* quiero que esas carotas feas sean lo último que vean. Están autorizados para utilizar fuerza letal, siempre y cuando sea necesario. ¿Entendido?

Esto provoca gestos sobrios de entendimiento de casi cada persona en la habitación. Los agentes y oficiales entienden las órdenes. Los riesgos. Lo que está en juego.

–Porque, recuerden –prosigue Mason, haciendo eco de su advertencia más temprana– consideren que hasta el último de estos hijos de perra está entrenado, preparado, fuertemente armado… *y dispuesto a morir.* Y eso nos separa a nosotros de ellos. Pase lo que pase allá afuera, no estoy dispuesto a perder a uno solo de ustedes. *Es una orden.*

Mason mira los valientes y estoicos rostros de sus colegas.

Mientras reza por que sea una orden que todos en su equipo puedan seguir.

50 SEGUNDOS

MASON MORÍA... ESO ES, por un vaso escarchado de dulce té helado con limón.

Su constante antojo de bebidas dulces y azucaradas podría ser su único vicio.

Típicamente, es un hombre de convicciones, pasión e increíble autodisciplina. Pero cuando se trata de un día caluroso en Texas, su cerebro es como el de un adicto: lo único en lo que puede pensar es en meterse un poco de té dulce con limón en la boca.

Así que después de poner fin a la junta, Mason hizo justamente eso: saciar su sed, pero también tomarse unos minutos para poner en orden las ideas. Después de la preparación más meticulosa que haya solicitado jamás a un operativo, sabe que faltan apenas unas horas para la extremadamente peligrosa redada.

A unas cuantas manzanas de la organización de Veteranos de Guerra en el Extranjero está el Scurry Skillet, un comedor apretujado y pequeño que parece no haber sido renovado desde la administración de Eisenhower. Mason había entrado y se había sentado en una mesa junto a la ventana. Una mesera robusta y pícara de sesenta y tantos años llamada Dina le había tomado la orden y arqueado una ceja.

–¿Una jarra completa?

–Sí, por favor. Con extra hielo, extra azúcar, extra limón. Y luego –agregó Mason con una sonrisa– en unos veinte minutos, instrucciones para visitar el sanitario.

Una vez que sació su sed y su antojo de azúcar, y que hubo dejado una buena propina para la mesera, Mason había vuelto a salir a la pintoresca pequeña calle principal de Hobart, con la intención de caminar de vuelta al centro de comando de los Veteranos de Guerra en el Extranjero.

El agente Taylor y su equipo ya deberían de tener esbozado un plan de asalto preliminar. Ya debería estar completada una segunda vista aérea con *drones* sobre la granja, lo que proporcionará fotos más detalladas y recientes.

Incluso llegaron noticias de que un par de agentes del condado contiguo están dando seguimiento a un prometedor avistamiento de un hombre de pelo blanco y ralo a quien captaron en la cámara comprando esas máscaras de Halloween. Pero ha habido tantas pistas falsas sobre ese sospechoso misterioso durante las últimas semanas que Mason no se hace ilusiones.

Mason apenas logra llegar a la mitad de la manzana cuando –*Maldito calor de verano*, piensa– empieza a sudar de nuevo. Y a experimentar un ansia familiar por bebidas azucaradas.

Pero no hay tiempo. No ahora. Mason debe regresar.

Sin ralentizar el paso, Mason se quita el sombrero de vaquero de fieltro color caoba, y luego empieza a darle palmaditas a su ceño húmedo con un pañuelo, ese viejo pañuelo femenino de encaje, deshilachado y bordado con sus iniciales, un regalo significativo del amor de su vida que siempre guarda en el bolsillo del pecho.

Muy cerca del corazón.

El agente está por dar la vuelta a la esquina cuando escucha una voz detrás de él.

–¡¿Mason?! ¿Cómo demonios estás?

El agente especial da media vuelta y ve a una mujer alegre, como de su edad, con una gran sonrisa. Porta un sombrero grande y flexible para el sol y gafas enormes, y se hace acompañar por dos niños.

–Eh... muy bien, gracias. ¿Y tú qué tal?

Mason responde a su sonrisa... pero un poco incómodo. Esta mujer le resulta familiar, su voz, su aspecto... pero no logra ubicarla del todo. Quizás el sudor que escurre hacia los ojos le dificulta verla. Quizá sea su "disfraz" con gafas de sol y sombrero de ala ancha.

Estupendo, piensa Mason. *Un federal que no puede reconocer un rostro.*

–¿Qué te trae de vuelta a Hobart tan pronto? –pregunta ella.

Mason ofrece un simple movimiento de hombros... y una respuesta deliberadamente vaga.

–El trabajo de un agente del buró nunca termina.

Mientras la mujer suelta una carcajada, Mason intenta un veloz trabajo mental de investigación para descifrar quién es su interlocutor. Lo llamó Mason y no agente Randolph, así que es improbable que sea un testigo local que hubiera entrevistado en semanas recientes. Además, ella le había preguntado qué hacía *de vuelta* en Hobart...

–Supongo que este pueblo ya es *tu nuevo hogar.*

Y de repente, cae en cuenta. Mason sabe *exactamente* quién es esta mujer.

–Sí, supongo que lo es... *Kathleen*. Y no podría estar más contento al respecto.

Uno de los hijos de la mujer le jala la manga, y murmura algo indescifrable.

–Solo un momento, Luke. Estoy hablando con el nuevo marido de la tía Molly.

"Tía" no es del todo preciso. Kathleen Rourke es, técnicamente, la prima segunda de Molly, a quien Mason sólo había conocido una vez antes, durante la ceremonia.

Y sí, Molly Rourke es la nueva esposa de Mason Randolph.

–Se veía tan hermosa allá arriba. Cielos. Tan radiante. Los dos. En especial después de todo lo que ha pasado.

Luego Kathleen gesticula hacia sus hijos adorables, pero traviesos.

–Siento haber tenido que escaparme antes de la recepción. No logré conseguir nana, y estos dos morían por volver a casa.

–No hay ningún problema –responde Mason, desordenando el cabello del más pequeño–. Significó mucho para nosotros que estuvieran ahí. Realmente fue un asunto familiar, justo como dijo Molly.

Kathleen le da un veloz abrazo a Mason de despedida, luego prosigue con su camada por las calles.

Y es ahí cuando Mason se da cuenta de que todavía tiene el sombrero de vaquero en una mano, y en la otra ese pañuelo algo andrajoso de mujer, bordado con las iniciales MER, por Mason Edgar Randolph.

Comparte el mismo monograma que su inocente novia: Molly Elizabeth Rourke.

De hecho, el pañuelo era originalmente de ella, bordado por su abuela cuando era apenas una niña.

Claro, Mason no sabía esto cuando, después de salir con ella apenas unas cuantas semanas, descubrió el pedacito de tela y encaje metido en el cajón de una cómoda. Tuvo un pequeño ataque de pánico, al preocuparse de que su muy reciente novia ya le hubiera bordado hasta pañuelos.

Cuando se dieron cuenta de la coincidencia, no podían creerlo.

Fue apenas la primera señal de muchas de que su destino estaba escrito en conjunto.

Cuando llegó su aniversario de seis meses, ya que a Molly le faltaba tanto el dinero –hasta había discusiones de que el banco le quitaría la granja familiar– Mason insistió en que no se compraran regalos el uno al otro de ningún tipo.

Molly siguió la orden al pie de la letra pero ignoró el espíritu por completo. Le dio a su novio ese pañuelo "personalizado" del que tanto se habían reído meses antes, envuelto en periódico y atado con un cordel.

Mason lo ha guardado a centímetros de su corazón desde

entonces, un recordatorio de su vínculo y su amor. Incluso ahora, con el enlace matrimonial en el dedo que todavía no se acostumbra a usar, es una tradición que piensa seguir mientras dure aquel trozo de tela.

Mason se da palmadas en la frente con el pañuelo, luego lo guarda. Se coloca el sombrero de vaquero. Se gira y marcha de vuelta al centro de comando de los Veteranos.

Su nueva, hermosa y maravillosa esposa lo está esperando a apenas unos kilómetros.

Pero primero, tiene que ir por los malos.

Y no morir en el proceso.

3 MINUTOS, 40 SEGUNDOS

CUARENTA Y SEIS AGENTES SWAT del FBI, armados hasta los dientes, esperan en pie la orden de inicio.

Además de un rifle automático de asalto o un rifle táctico, cada uno lleva un promedio de quince kilogramos de equipo: armadura, casco balístico, arma de mano, gafas de visión nocturna, granadas cegadoras, esposas de nylon, rondas de munición extra.

Pero mientras Mason –quien ya está sudando bajo el peso del chaleco de Kevlar colgado sobre su torso– camina de un lado al otro frente a su grupo, dándoles una arenga y un último resumen de la misión, todos están inmóviles como estatuas. Ningún crujido. Ni traqueteo. Nada de sentirse inquietos.

El silencio es impresionante. Escalofriante incluso. Aterrador.

–El momento del golpe es exactamente a las veintidós mil horas –anuncia Mason–. Quedan menos de cuarenta minutos. Así que escuchen.

Comienza con un último repaso del plan con sus tropas

reunidas. También quiere explicar cómo llegaron a éste él y el saleroso agente Taylor.

–Estaba fuera de discusión una entrada sigilosa tradicional –dice–. Demasiado peligrosa. Demasiado terreno por cubrir –gesticula hacia la imagen proyectada a sus espaldas, hacia el rancho de múltiples hectáreas, hacia sus interminables campos planos repletos de arbustos y árboles y sólo unas cuantas chozas y cobertizos desvencijados–. Demasiadas trampas posibles. Estaríamos demasiado expuestos.

–Y entonces ¿qué tal una entrada dinámica plena? –pregunta Mason retóricamente–. ¿Arrancar las puertas de la granja, bajar con cuerdas al techo de los sospechosos por helicóptero, con toda la artillería? Demonios, ese bien podría ser el inicio de la tercera guerra mundial.

Finalmente, añade Mason, él y Taylor se decidieron por una mezcla de las dos.

Dividieron a los cuarenta y seis agentes reunidos en cuatro grupos; cada uno se acercará a un lado distinto de la propiedad rectangular, de manera lenta y visible.

Mientras tanto, se cortará la electricidad de la granja, lo que sumergirá al lugar en la oscuridad.

–Es muy probable que haya vigías –dice Mason–. Así que será crítico observar cómo reaccionan. Usen su visión nocturna y cámaras de imágenes térmicas para poner mucha atención a cualquier movimiento sospechoso o reposicionamiento defensivo. Si tienen el menor atisbo de algún sospechoso que corra hacia un cobertizo, será un pedazo de inteligencia táctica que de otra manera nos haría mucha falta.

¿Pero si, como esperamos, los sospechosos se rehúsan a cooperar?

–Bueno, pues entonces… los *obligaremos a hacerlo.* Acceso desde los cuatro puntos, con mis órdenes. Una barrida total de la propiedad. Tenemos luz verde para la unidad de apoyo con francotiradores. Los equipos tácticos deben reunirse afuera de la granja y después sumarse a la invasión final. ¿Alguna pregunta?

Un coro de "No, señor" reverbera por la sala de altos techos.

Mason respira profundamente. Luego baja por las filas, mirando a cada uno de los cuarenta y seis agentes directamente a los ojos.

–Sean inteligentes allá afuera. ¿Me escuchan? Apunten a vivir. *Disparen a matar*.

Y con eso, despide a los agentes. Comienzan una revisión final del equipo y las armas, luego empiezan a subirse a la flota de camiones blindados y cargadores de personal que los estarán transportando a la granja.

Mason está por hacer lo mismo… cuando detecta problemas.

El agente Britt Baugher, un joven de veintiséis años desgarbado y de rostro plagado de acné, quien recién se graduó de la academia, parece estar apuntando algo en su antebrazo con marcador negro.

–¿Intenta calificar su desempeño antes de tiempo, agente?

Baugher solo puede tartamudear, avergonzado de que lo atrapen.

–Yo… yo… yo sólo…

Mason toma el brazo del joven. Tiene un *B+* escrito directamente en la piel.

–Podrías tatuar tu tipo de sangre en tu frente, y eso no acelerará ni un segundo una transfusión sanguínea.

–Sí, señor, pero...

–Ahora, sé que no es la primera vez que ejecuta una orden de aprehensión. Y *sabes* que toda tu información médica está en tu insignia de identificación. ¿O acaso olvidaste la tuya en casa?

Baugher se mira las botas.

–Es sólo que... ¿Supo de esos agentes del Departamento de Alcohol, Tabaco, Armas de Fuego y Explosivos que asaltaron Waco? Sabían que la redada sería difícil. Así que marcaron su tipo de sangre en *los brazos*.

–Lo supe –dice Mason, frunciendo el ceño–. Pero eso fue hace más de veinte años. ¿Y eso cómo les resultó? Además –prosigue, mirando al agente a los ojos– ninguno de nosotros *necesitará* una transfusión de sangre. Porque a ninguno de nosotros le van a disparar. ¿Está claro?

–Sí, señor.

El joven agente asiente y se apresura al camión blindado que le fue asignado.

Con casi todo el equipo listo para salir, Mason se dirige al gigantesco transporte de personal hecho de lámina de plomo en el que viajará con el agente Taylor.

Pero antes de entrar, desliza la mano detrás de su chaleco de Kevlar. Retira su billetera porta insignia, que contiene su distintivo del FBI y su tarjeta de identificación.

Saca el trozo de plástico de alrededor de 8 x 5 centímetros. En frente está el famoso escudo azul y amarillo del buró. El número de agente de Mason. Su firma. Una foto que le tomaron algunos años atrás, con el cabello un poco más largo y las arrugas alrededor de ojos y boca un poco menos notorias.

Luego Mason la voltea. Tiene impresa detrás una gran cantidad de información vital. Su edad, altura y peso. Su alergia a la penicilina. Y justo en la última línea, AB negativo: su tipo de sangre. Por si las dudas.

–No –dice Mason de repente, enojado.

Luego se sube al transporte blindando de personal junto al agente Taylor. Y teclea la radio.

–Todas las unidades, aquí Comando Bravo. En marcha.

8 MINUTOS, 10 SEGUNDOS

LLEGARÁN PRONTO. DEBO MOVERME rápido.

No puedo dejar que me atrapen. No así.

Estoy enroscada en el suelo hecha un manojo de lágrimas. Hay unas cuantas cajas de cartón distribuidas alrededor. Las emociones que estoy experimentando son abrumadoras, y contradictorias. Alivio, preocupación, satisfacción, pavor. Tú nómbralo, seguramente lo esté sintiendo.

Pensaba que estaba lista, finalmente, para revisar entre algunas de las pertenencias de Alex.

Me equivocaba. *De nuevo.*

Tras mi intento fallido de entrar a su alcoba hace unas semanas, interrumpido por el comisario local que se apareció en mi puerta con el amigo de Alex, Danny, la última persona en ver vivo a mi hijo, fui menos dura conmigo misma.

Luego me enredé en la boda y en el frenesí de los preparativos finales, esforzándome por dejar la casa impecable para unas cuantas docenas de invitados que pronto estarían deambulando por ella, barrí y quité el polvo y aspiré y pulí cada centímetro.

Bueno, *casi* cada centímetro.

La alcoba de mi hijo quedo completamente intacta, la puerta aun completamente cerrada. Y así se quedaría.

Hasta que noté, en las altas horas de la madrugada *después* de la boda...

Que alguien la había abierto.

Esto fue después de que tocaran la última canción. Las últimas gotas de cerveza y de bourbon que se habían bebido. Los últimos de nuestros amigos y familia habían ido a sus casas. Incluso Stevie y Kim, que viven en el caserón, se habían marchado también. Se quedarían con Hank y Debbie esa noche para dejarnos el espacio a Mason y a mí.

Agotada por todo el estrés y la dicha de ese día tan maravilloso, no sólo dejé que mi musculoso nuevo marido me cargara bajo el umbral. De forma seductora, le ordené que me llevara todo el camino por el prado, las escaleras y hasta nuestra alcoba. Al ser tan buen tipo, Mason me complació contento... pero exigió, con un guiño sexy, que encontrara algunas "maneras creativas" de pagárselo.

Apenas habíamos alcanzado la cima de las escaleras cuando noté que la puerta del cuarto de Alex estaba ligeramente entreabierta.

Solté un grito ahogado. Me cubrí la boca, conmocionada. Salté de brazos de Mason y casi me tropiezo sobre la cola de mi vestido de bodas.

Era bastante obvio lo que seguramente había pasado. Alguno de nuestros invitados buscó el baño, y decidió guardarse el error involuntario para sí mismo.

Pero nada de eso cambiaba el hecho de que la puerta de la alcoba de Alex estuviera abierta.

Por primera vez en meses.

La azoté lo más rápidamente posible, luego recargué la cabeza contra el marco de la puerta. Y dejé escapar un breve sollozo de angustia.

Mason se acercó detrás de mí y me envolvió en sus brazos musculosos. Me estrechó mientras yo luchaba por controlarme. Ya había sido un día tan emotivo, y ahora esto.

–Qué lástima que derrochamos todo en una suite nupcial –susurró Mason con una sonrisa.

Reí. Tenía que hacerlo. Necesitaba hacerlo.

Que Dios bendiga a este hombre, pensé. Un marido nuevo promedio podría haber estado menos que emocionado ante el prospecto de pasar lo que debería de haber sido una erótica noche de bodas consolando castamente a su nueva esposa afligida. Pero Mason era todo menos promedio. Había logrado hacer que un momento triste fuera tierno y amoroso, e incluso divertido.

–Lo lamento –logré lloriquear, y di media vuelta para tocar su hermoso rostro.

–No hay nada que lamentar –insistió él–. Eso es lo lindo de pasar el resto de nuestras vidas juntos. Tendremos muchas noches más para intentarlo de nuevo.

Intentarlo de nuevo.

Eso es lo que estoy haciendo ahora.

Y estoy fracasando.

Nuestra boda fue hace unas cuantas semanas y Mason se

fue durante casi todo ese tiempo, a trabajar en un caso importante que lo había llevado por todo el estado. Pero esta noche era una ocasión especial. Estaría cerca, dijo, y había logrado tener la noche libre. Así que yo había decidido cocinar una gran cena familiar.

Sería la primera vez que todos nosotros –Stevie, Hank, Debbie, Kim, Nick, J. D., Mason y yo– nos reuniríamos alrededor de la mesa desde que dimos el sí. Sería una especie de cena de celebración también. Habíamos salvado a la granja. Mi "tremendo plan" estaba casi completo. Todo lucía bien para la familia Rourke. Estábamos en la cresta del mundo.

Así que decidí que podría finalmente estar lista para empezar a revisar las cosas de Alex.

No su alcoba. Sabía que todavía no estaba preparada para eso. Pero recordaba que mi hijo tenía unas cuantas cajas de cosas viejas en el ático, algunos cachivaches que no había tocado en años. Así que se me ocurrió que, en más o menos el tiempo que le tomaría descansar a la masa para la tarta, y al pollo para terminar de asarse, podría ser bueno empezar a registrar esas cajas.

Y hasta ahora, parece haber sido una buena decisión. Adentro encontré algunos viejos libros de texto y polvorientas novelas. Una pila de discos compactos de bandas de las que nunca he oído hablar. Una raqueta de tenis, casi completamente nueva todavía, que Alex usó una sola vez antes de perder el interés en el deporte para siempre. Todas son cosas que fácilmente podría donar o desechar, sin pensarlo dos veces.

Casi termino de revisar las cajas. Sólo me tomó unos

cuantos minutos indoloros. Pero luego llego al fondo de la última caja y encuentro algo que me deja sin aliento.

Es un dibujo que Alex hizo cuando estaba en primer grado: dos figuras de palitos, un niño y una mujer, los dos con trajes espaciales gigantes, que flotan en el cielo nocturno estrellado. Su maestra, la señora Cunningham, había escrito con plumón azul en letras mayúsculas en la parte de abajo: "Cuando sea grande, quiero ser astronauta, para ir al espacio exterior con mamá".

Al leer esas palabras siento como si un cuchillo me atravesara el corazón.

Por tantos meses ya he llorado la vida que Alex había estado llevando en el presente. Casi no había pensado en la que *llevaría* en el futuro.

Sus sueños de ser astronauta podrán haber sido una fantasía infantil, pero su futuro había sido real. Había comenzado a pasar tiempo con chicas, había comenzado a hablar de ir a la universidad. Quizás hasta habría ejercido una profesión algún día. Un hogar, una esposa. Hijos. Alex sin duda habría alcanzado las estrellas como quería desde pequeño, muy a su manera, en sus propios términos, si hubiera tenido otra oportunidad...

Aprieto los dibujos contra mi pecho y me desplomo en el suelo, dejando que esta profunda nueva ola de pena me inunde.

Y me quedo ahí. Paralizada. Los minutos pasan. Las lágrimas corren por las mejillas.

Oh, Alex. Mi nene. ¿Algún día desaparecerá este dolor?

Sé que el pollo todavía se cocina en el horno y que mi familia está en camino. Sé que no puedo quedarme aquí recostada para siempre. Quizá sólo un poco más...

Cuando escucho algo afuera... un vehículo que se detiene frente a la granja. Miro mi reloj de pulsera. Todavía es temprano. Se supone que los invitados no llegarán en un tiempo todavía. ¿Quién podría ser? Me obligo, finalmente, a levantarme.

Camino hacia el marco de la ventana del ático y me asomo hacia afuera. El sol está bajo y es difícil distinguir el vehículo. Unas cuantas personas salen a tierra. Aún no logro distinguir quiénes son.

Deben de ser Stevie y Hank y sus esposas. ¿O no?

¿Quién más podría ser?

3 MINUTOS, 20 SEGUNDOS

—¡FBI!

Mason está agazapado detrás de la capucha de un gigantesco transporte blindado de personal Lenco BearCat, y habla por el sistema de altavoz de 150 decibeles que tiene montado en el techo. Está levantando la voz, pero Mason podría estar *susurrando* y sus palabras de cualquier manera reverberarían medio kilómetro a la redonda en esta oscura, quieta, abrasadora rebanada de Texas.

—¡La propiedad está rodeada por agentes federales armados!

Por decir lo menos.

Antes de empezar su llamada, el agente Taylor del equipo SWAT recibió confirmación de todos sus líderes de apoyo de que cada grupo había tomado sus posiciones a lo largo de los cuatro lados de la propiedad, Mason recibió muy pronto dicho informe.

—¡Tenemos en nuestras manos una orden de cateo para el complejo y órdenes de detención para todos los individuos dentro!

Mientras los agentes se acercaban, se había cortado la electricidad en el rancho también... pero, para sorpresa de Mason, eso no hizo mucha diferencia. Se apagaron las luces de la casa principal, luego titiló y se volvió a encender unos cuantos segundos después: generadores de diésel, seguramente.

–¡Ésta es su primera y única advertencia! Salgan pacíficamente, con las manos arriba de la...

–Señor, ¡mire esto! –susurra el agente Norris Carey, el fornido líder de treinta y nueve años del equipo primario de tácticas más cercano a Mason y Taylor.

Les muestra una pantalla LCD, una transmisión en vivo de una cámara térmica que barre las hectáreas frente a ellos. El terreno está salpicado de arbustos espinosos y árboles maltrechos... muchos de los cuales parecen estar emanando *esferas luminosas de calor blanco candente.*

–¿Qué demonios estoy viendo? –pregunta Taylor, confundido y alarmado.

–No... no lo sé–responde Carey–. Los árboles y los arbustos... no sueltan este tipo de firma de calor. Los equipos en cada puesto están viendo lo mismo.

Mason de inmediato sabe lo que está pasando... y suelta un bufido de desaprobación.

–*Maldición*, son unos astutos hijos de perra...

Había sido testigo de esta técnica de defensa simple pero efectiva solo una vez antes: en la extensa propiedad de un capo mexicano afuera de Ciudad Juárez mientras participaba en una misión conjunta de unidades de ataque de Estados Unidos y México. Nunca lo había visto de este lado de la frontera.

–*Lámparas infrarrojas* –explica Mason–. Tratan de frustrar nuestras miras térmicas. Deben estar cableadas a los generadores, y entraron en funcionamiento tan pronto como cortamos la luz. Para esconder la firma de calor de cualquier *hombre armado* que pueda estar escondido en el follaje.

–¡Jesucristo! –dice Taylor en voz baja. Rápidamente cuenta el número de esferas de calor que ven pantalla–. ¿Entonces podríamos tener *doce* tiradores escondidos tan solo en nuestro perímetro?

–O ninguno –responde Mason–. Pero ellos saben que tenemos que revisar y dar el visto bueno para cada uno. Nos demorará más que si hubieran cubierto el terreno con brea.

Mason guarda la compostura, pero Taylor comienza a enfurecer. Toma unos binoculares de visión nocturna de su subordinado y mira hacia la granja distante.

–No veo a una maldita persona salir y ondear una bandera blanca –ladra.

Mason está rezando porque esta noche termine pacíficamente y decide que vale la pena un mayor respiro. Vuelve a activar el megáfono, y altera un poco el guion.

–¡Todos sabemos cómo va a terminar esto! No hay misterio alguno. Todos en esta granja irán a la cárcel por mucho tiempo: por lo que hicieron, por el dinero que robaron, por la gente que lastimaron... *¡por lo cobardes que han sido!* Les estoy ofreciendo ahora mismo la oportunidad de ser *hombres*. Cualquier idiota puede tomar una pistola. Toma *valor* de verdad... ¡bajarla!

Mason espera. Y aguanta la respiración, rezando por que

los haya hecho entrar en razón. Hasta el hosco Taylor asiente a regañadientes con la cabeza. *Bien dicho.*

–¡Tenemos movimiento! –exclama el agente Carey.

Mason vuelve a mirar la granja. En efecto, se abrió la puerta lateral. Surge una persona que sostiene un rifle sobre la cabeza...

Luego rápidamente lo baja y abre fuego.

–¡Maldita sea! –grita Mason, y se agacha detrás del vehículo y alcanza su walkie-talkie.

Los disparos perforan la noche silenciosa y rebotan contra las placas metálicas del coche blindado.

–¡Hay disparos, hay disparos! –grita en la radio–. ¡Todas las unidades, entren ya!

El camión blindado gigante se enciende con un rugido. Mason, Taylor, Carey y la docena de agentes de su equipo se alinean detrás mientras arrasa por la valla de madera y alambre de púas a lo largo del perímetro de la granja... y sigue moviéndose, con ráfagas que resuenan.

La redada apenas comienza.

5 MINUTOS, 15 SEGUNDOS

UNA GRANJA TRANQUILA EN el oeste de Texas acaba de volverse un brutal campo de batalla.

Ha sido así desde hace casi una hora.

Mason, su unidad y otros tres equipos han estado abriéndose paso lento pero seguramente a través de las pocas hectáreas de tierra hacia la casa principal.

Un maldito centímetro a la vez.

Hay múltiples francotiradores encaramados en las ventanas de la segunda planta de la casa, lo que les da una posición elevada terriblemente conveniente.

El tiroteo es lento. Brutal. Infernal.

Los federales, hasta con su entrenamiento y equipo y vehículos armados –y a pesar de superar en cantidad a los sospechosos por al menos tres a uno– no están dando nada por sentado.

Ya han disparado a más de unos cuantos agentes, que han retrocedido. Nadie ha resultado seriamente herido todavía, pero el número de los agentes operativos han comenzado a disminuir a medida que se acercan.

Y ahora, ya están *muy* cerca.

La casa se levanta apenas a unos cuantos metros de distancia.

–¡A las dos! –grita Mason al espiar a un tirador agazapado que se asoma por un arbusto de salvia espinosa en su flanco.

Sin esperar a que sus compañeros de equipo reaccionen, Mason levanta su carabina M3 y dispara tres proyectiles perfectamente colocados: dos al pecho, uno a la cabeza.

–¡Neutralizado!

El sospechoso muere antes de golpear el suelo polvoriento… justo a un lado de un calentador de espacio de metal oxidado que está acurrucado en la maleza junto a él.

El equipo sigue avanzando.

Mason levanta la cabeza y revisa el terreno más adelante. Prácticamente lo único que queda entre su equipo y un costado de la casa es un pequeño cobertizo desvencijado.

Dios sabe qué podría haber dentro.

–En la entrada, formación –ordena el agente Taylor con un susurro urgente–. Dos más uno. Inspeccionen y avancen, a mi señal.

Tan pronto como el vehículo armado se detiene entre el cobertizo y la casa, cuatro agentes del equipo SWAT se separan de su escuadrón y se colocan en posición: dos de cada lado de la puerta del cobertizo.

Mason, Taylor y los demás proporcionan cubierta mientras uno de los agentes desliza una cámara flexible y diminuta –con la forma de una tira de regaliz negro– debajo de la puerta, la rota de aquí a allá. Un segundo agente sostiene un monitor digital del tamaño de un teléfono, en él puede verse el interior del cobertizo a través de la lente de la cámara con visión nocturna de 180 grados.

–Despejado –susurra el agente.

Así que Taylor da la señal, y un tercer agente usa una barra de metal que tira violentamente para hacer palanca entre la puerta y su marco. Ésta abre con un *crac* de la madera al quebrarse.

Mason observa mientras cuatro agentes irrumpen en el espacio minúsculo con sus rayos de láser sobre los rifles de asalto, se mueven de aquí para allá y apuntan a cada esquina y rincón.

Las paredes están forradas de restos de herramientas para reparar autos y piezas de motor. Pero más allá de eso, el cobertizo parece vacío...

Hasta que de repente salta un hombre armado de atrás de un cofre de herramientas y desata una torrente de fuego.

Los agentes se agachan para cubrirse y responden al fuego, llenándole el cuerpo de balas.

Pero no antes de que uno de los federales afuera reciba un disparo.

–¡Maldita sea! –gime Mason, tocándose un hombro ensangrentado.

–¿Te dio ese hijo de perra? –pregunta Taylor con preocupación.

Mason recarga la espalda contra la parte trasera del vehículo blindado, como apoyo. Saca su linterna y se examina la herida.

Sólo es un rasguño en el hombro, pero duele como el demonio. Mason puede sentir el dolor intenso y agudo que palpita al ritmo de su pulso.

–Uno de nosotros puede escoltarlo de vuelta al perímetro de seguridad, señor –ofrece el agente Carey, el líder del equipo–. Los demás podemos seguir avanzando hacia...

–*Demonios, no* –ruge Mason entre dientes apretados–. ¡Quiero estar ahí cuando irrumpan en esa maldita granja, y ver las caras de esos malnacidos!

Taylor, Carey y los demás agentes lucen sorprendidos. Nunca habían visto a Mason, usualmente templado y tranquilo, tan enfurecido. Tan primigenio. Asusta.

–Cielos, Mason –dice Taylor–. Estás sangrando por todo el maldito lugar. Nadie ha está trabajando más que tú para atrapar a estos bastardos, pero...

Por suerte Mason no tiene que discutir: su radio y el de Taylor se activan con un sonido de interferencia.

–Los equipos Alpha y Charlie llegaron a la casa –dice uno de los líderes de los otros equipos–. Listos para entrar.

–Recibido –responde otro agente por la radio–. Equipo Delta acercándose.

Es una gran noticia, y Mason y sus hombres lo saben. Dos de las cuatro unidades SWAT están en posición afuera de la casa, y una tercera está muy cerca.

Mason vira la mirada hacia la casa. Está tan cerca. *La batalla final.*

–Comando Bravo, los copio –responde Mason por su walkie-talkie, señalando a Taylor y a los demás para que recuperen la formación y continúen su avance. Ellos obedecen.

–En camino, también. ¡Prepárense para entrar!

3 MINUTOS, 45 SEGUNDOS

CLINC... CLINC, CLINC... ¡BUM!

La casa desvencijada se enciende como un destello de linterna mientras cuatro granadas cegadoras detonan dentro simultáneamente.

–¡Vamos, vamos, vamos!

Mason ladra la orden a su equipo y a través de su radio, y casi todos los demás agentes que quedan derriban las puertas a patadas e irrumpen por las ventanas.

–¡FBI! –gritan, y se mueven en líneas consistentes y apretadas de habitación en habitación como serpientes que culebrean–. ¡Al suelo! ¡FBI! ¡Muestren las manos!

El *pop-pop-pop-pop* de los disparos pronto suena desde adentro también, seguido de exclamaciones como "¡Despejado!" y "¡Sospechoso derribado", e incluso "¡Me dieron!".

El rostro de Mason está tan fijo en la casa que ya casi ni siente el dolor en su hombro herido bajo la manga negra de su overol empapada de sangre.

–¡Equipos Bravo y Charlie, moviéndose arriba! –llega una voz por la radio.

Mason y Taylor intercambian miradas.

Esta pesadilla de redada está por terminar.

Pero aún no acaba.

–¡Tenemos a uno! –exclama el agente por la radio–. ¡En el ático!

Mason aguanta la respiración y espera. Espera escuchar esas palabras mágicas...

–¡Charlie Leader, hay vía libre! Repito, ¡el sitio está despejado y seguro!

Mason aprieta el puño triunfalmente. Taylor le da una palmada en el hombro sano. Los agentes finalmente pueden respirar tranquilamente.

–Comando Bravo, todo bien, copien –responde Mason por la radio–. Todo despejado y seguro. Retírense.

Y luego, por si acaso:

–Bien hecho, todos. ¡*Muy* bien hecho, maldita sea!

Sólo ahora, Mason baja la mirada hacia su hombro sangrante. Pero la adrenalina bombea con tanta fuerza que apenas si lo siente.

Lentamente, los equipos de avanzada comienzan a salir de la casa por todas las vías posibles. Muchos llevan consigo armas confiscadas. Otros, paquetes con cristal de metanfetamina.

Finalmente, Mason ve a la persona que estaba esperando... y queda atónito.

Es uno de los únicos sospechosos sobrevivientes. Esposado, con sangre en los labios, gritando y escupiendo un hilo de profanidades, llevado afuera de la granja por dos agentes.

–Aquí está el que encontramos en el ático, señor –dice uno de los agentes que lo escolta.

Mason asiente silencioso. Lo reconoce de inmediato.

El cabecilla del grupo. El genio criminal que llevaba persiguiendo todos estos meses.

Mason no puede creer lo que sus ojos ven. Marcha a su encuentro.

–Abraham J. McKinley, tiene el derecho a permanecer callado.

–¡Malditos asesinos! –grita el anciano loco, forcejeando contra sus esposas–. ¡Todos ustedes! ¡Miren lo que hicieron!

Mason ignora su teatralidad y sigue avanzando.

–Está bajo arresto. Por múltiples acusaciones de hurto federal mayor, asalto con intención criminal con un arma mortal, posesión ilegal de arma de fuego y conspiración para cometer...

–Muchacho, ¿de qué demonios estás hablando? –demanda McKinley, acercándose lo más posible al rostro de Mason. Con su melena de cabello blanco que revolotea detrás de él, es innegable el parecido de McKinley con el hombre capturado en cámara que compraba esas máscaras de Halloween.

–El robo al banco de Plainview –responde Mason–. El robo en la subasta de caballos. Toda la evidencia apunta hacia ti y tu equipo, Abe.

–¿Eh? ¡Nosotros no hemos robado nada y tú lo sabes!

Mason sonríe.

–¿Y qué dices de distribuir una droga ilegal clase B? Según

dicen, tú y tus muchachos llevan meses haciéndolo en esta zona.

McKinley niega con la cabeza. Luego vuelve a mirar hacia su casa, toda la carnicería, dentro y fuera. Numerosos sospechosos están tendidos sobre el suelo, sangrantes y muertos. Empieza a sacudirse como un lunático. Se arquea y retuerce en las esposas. Los agentes lo sostienen con firmeza.

–¡Ustedes... los mataron! ¡Cerdos, los mataron a todos! ¡Miren lo que han hecho!

–No, Abe –responde Mason con calma–. Mira lo que tú has hecho.

Y luego, mientras McKinley está a punto de ser llevado, despotricando y desvariando todavía, Mason se inclina hacia él y le susurra:

–Tú *lo* mataste...

Le toma a McKinley un momento darse cuenta del bombazo que acaba de admitir Mason.

–¿Me... me tendiste una trampa?! ¡Hijo de perra! ¡Todo esto es una mierda!

Mason lo observa en silencio, sin delatarse, mientras que al anciano rey de las metanfetaminas –el hombre cuya pandilla fabricaba y vendía las drogas que mataron a Alex– es llevado a rastras.

Pero después, en el atractivo rostro de Mason se esboza poco a poco una astuta sonrisa de satisfacción.

45 SEGUNDOS

ESTA ZONA DE TEXAS está tan plana como un panqué. No hay una sola colina por doscientos kilómetros. Y la mayoría de los edificios de Hobart llegan sólo a las dos plantas.

Esta noche, eso simplemente no iba a ser lo suficientemente alto para mí.

Así que hice el largo viaje hasta la torre de agua gigante en las afueras del pueblo.

Estacioné la camioneta. Salté sobre la verja de metal oxidada. Luego empecé a subir lentamente hasta la cima, más de 25 metros de altura.

Sí, estaba quebrantando la ley. Pero después de meses de robar y disparar y falsificar evidencia, ¿qué es un poco de inocua invasión de la propiedad?

Me acomodé y apunté un par de binoculares de alto poder a una granja de múltiples hectáreas a menos de un kilómetro al sudoeste. Pertenecía a una pandilla de traficantes de metanfetaminas a los que, según una fuente confiable, los estaba rodeando en este momento el FBI desde cuatro lados.

Stevie, Nick y J. D. habían llegado para la cena y estaban

ayudándome a poner la mesa cuando recibí el mensaje de Mason. Simplemente decía: Pienso en ti ☺

Cuando lo leí, solté un grito ahogado. Luego salí a toda velocidad por la puerta. Sola, insistí.

Mason a menudo me enviaba dulces mensajes de texto durante el día, pero nunca, nunca los terminaba con una carita feliz ni con una carita con guiño. Le parecía infantil, no adorable. A mí también.

Lo que significaba, coincidimos, en que usarla sería el código secreto perfecto para alertarme de que la redada del FBI en la granja McKinley estaba sucediendo.

Por seguridad, Mason se había rehusado por semanas a darme detalles específicos sobre cómo se estaba desarrollando el caso contra los McKinley o cuándo llegaron las órdenes de cateo y de detención. Pero en fechas recientes había empezado a lanzarme indirectas de que el final estaba cerca.

Siempre supe que llegaría este día. Tenía la sensación de que sería esta noche, pero no lo supe de seguro hasta hace apenas noventa minutos.

Desde mi posición elevada, vi cómo sucedía todo. Los múltiples equipos de agentes SWAT. Los pesados vehículos blindados. El tiroteo. Los gritos.

Rogué a Dios que Mason no saliera lastimado. Rogué porque ninguno de sus colegas fuera herido tampoco.

Pero rogué con mayor fervor que Abe McKinley y sus hijos... que ellos finalmente enfrentaran la justicia. Lo que sea que eso significara. Como fuera que el señor de arriba decidiera ajusticiarlos.

El cual siempre fue el propósito *real* de mi "tremendo plan".

Sí, necesitábamos el dinero para pagar al banco y salvar nuestra granja. Lo necesitábamos desesperadamente. Pero lo que *yo* más necesitaba era hacer que McKinley pagara... *por matar a mi niño.*

Y esta noche, finalmente lo hice, con ayuda de mi entonces novio y ahora esposo... quien me explicó todos los pormenores de una investigación federal de robos de bancos... quien plantó los rifles de asalto en el rancho de caballos de Golden Acres... quien "descubrió" la ubicación del teléfono público que usó Hank para llamar con la información anónima que mostraba a Stevie comprando las máscaras de hule, usando una peluca blanca.

Mi "tremendo plan" funcionó como un tremendo amuleto.

Llevo más de una hora sentada en la plataforma de la torre de agua. Finalmente, el tiroteo parece haber cesado definitivamente. Los agentes ya están entrando y saliendo de la casa con libertad. También los técnicos forenses y los paramédicos.

Hasta creo poder espiar cómo el viejo McKinley es arrastrado afuera, esposado y enloquecido.

Quisiera haber visto su rostro cuando supo qué estaba pasando. Y cuando se dio cuenta *por qué.* Pero me conformaré con escucharlo de Mason.

Probablemente debería de volver a casa. El espectáculo terminó. Todavía debo terminar la cena... y ahora mi familia *realmente* tiene algo que celebrar.

Estoy segura de que Mason estará ocupado por horas en la escena. Pero tendrá que volver a casa en algún momento.

Cuando lo haga, yo estaré despierta todavía, esperando. Mucho más que agradecida.

Guardo los binoculares, me incorporo, y extiendo mis piernas acalambradas.

Pero antes de bajar, extraigo un trozo de papel doblado del bolsillo de mis jeans. Lo desdoblo con cuidado.

Es el dibujo que Alex hizo en primer grado y que apenas redescubrí esta noche, en el que él y yo flotamos juntos en el espacio exterior, el destino de sus sueños.

Mientras las lágrimas comienzan a rodar por mis mejillas, luego de tantos meses de dolor y trabajo duro y agonía que finalmente llegan a su fin, estrecho el trozo de papel contra mi pecho.

Y levanto la mirada al cielo nocturno, una manta de negrura moteada de un trillón de puntos de luz.

Alex, pienso, *estás flotando en las estrellas. Lo lograste después de todo. Que encuentres paz y consuelo y amor.*

Algún día, estaré ahí junto a ti. Justo como lo soñaste.

Pero todavía no.

1 MINUTO

ES MI MOMENTO ABSOLUTAMENTE favorito del día. El mundo afuera de mi ventana está en calma. Pacífico, callado.

Ya no es de noche pero tampoco ha amanecido. Y no estoy del todo dormida, pero aún no despierto.

Me acurruco un poco más entre los brazos musculosos de Mason. Él masculla de la felicidad y estrecha más mi cuerpo.

Yo le acaricio el hombro con la barbilla, justo arriba de la cicatriz de la herida de bala que consiguió hace ya más de un año, durante aquella fatídica redada en la granja.

La que resultó en el arresto de Abe McKinley y tres cómplices sobrevivientes, a quienes sentenciaron a 136 años combinados en la prisión federal, en la Penitenciaría de Beaumont, Texas.

Pero todo eso ya está en el pasado. Es historia antigua. Nuestra granja familiar ya es nuestra definitivamente. Los culpables fueron castigados. Y la vida ha seguido adelante.

Por primera vez en un largo rato, me siento relajada. Descansada. A gusto. Respiro el dulce almizcle de mi marido. Rozo su clavícula con mi dedo, de un lado al otro.

Podría permanecer así por siempre, pienso.

Y luego, escucho algo. Un ruido que proviene de adentro de la casa.

Podría despertar a Mason para que se encargue. Pero, ¿debería de hacerlo?

Lanzo una mirada al reloj que tiene junto a la cama, su arma de mano en la funda y su insignia del buró a un lado. Apenas pasan de las cinco.

No, decido. Lo dejaré dormir.

Salgo silenciosamente de la cama y bajo de puntillas por el pasillo. El ruido es cada vez más sonoro.

Finalmente llego a una puerta que está ligeramente entreabierta: la antigua alcoba de Alex. La puerta que alguna vez no podía concebir abrir.

Pero esta mañana la abro soñolientamente de un empujón y entro sin pensarlo dos veces.

A este punto ya estoy acostumbrada, pero el espacio está tan distinto de cómo alguna vez lo fue. Pintura fresca, una alfombra diferente, muebles nuevos. Casi es irreconocible como la antigua alcoba de mi hijo.

Porque ahora es la habitación de mi nueva hija.

La pequeña Abby está llorando en su cuna.

–Ya, ya –la arrullo, la levanto y la mezo suavemente en mis brazos–. ¿Qué pasa?

La alimenté hace unas cuantas horas, así que su inquietud no es hambre. Reviso su pañal; no necesita un cambio. La alcoba mantiene una cómoda temperatura de 22 grados, así que no puede sentir demasiado calor o frío. ¿Qué podrá ser?

Mientras Abby sigue durmiendo, se me ocurre algo.

Abro el armario y revelo montones y montones de historietas. Los amados viejos cómics de *Alex*. Ésos, por supuesto, no podría desecharlos ni en un millón de años.

Levanto uno al azar y lo abro en la primera página colorida. Como por arte de magia, Abby deja de llorar, cautivada por las palabras y las imágenes, buscando a tientas con sus manos diminutas.

–Sabes –susurro– a tu hermano solían gustarle también.

Y luego empiezo a leer.

–*El asombroso Spider-Man.* Éste se llama... "Un Nuevo Día."

ACERCA DE LOS AUTORES

JAMES PATTERSON ha escrito más best sellers y creado personajes de ficción tan entrañables que cualquier otro novelista de la actualidad. Vive en Florida con su familia.

MAX DILALLO es un novelista, dramaturgo y guionista. Vive en Los Angeles

CAPÍTULO 1

HABÍA LLEGADO ESE PERÍODO de locura entre el día de Acción de Gracias y la Navidad, cuando se desbordaba el trabajo, corría el tiempo y no había suficiente luz entre la aurora y el anochecer para terminar de hacer todo lo demás.

Aún así, el Club de las Mujeres Contra el Crimen, como le decimos a nuestra pandilla de cuatro, siempre festejaba una cena navideña para reunirnos sin nuestras parejas y cenar comida de cantina y bebidas.

Yuki Castellano había elegido el lugar.

Se llama La Galera del Tío Maxie y era un restaurante *bar & grill* que llevaba más de ciento cincuenta años en el Distrito Financiero. Estaba decorado con grabados *art déco* y espejos en las paredes y, detrás de la barra, un gran reloj con luz de neón dominaba el cuarto. Los comensales de Maxie eran hombres de trajes elegantes y mujeres de faldas ajustadas y tacones de aguja, ataviadas con joyería fina.

Me gustaba el lugar y ahí me sentía en casa, a la manera de Mickey Spillane. A modo de ejemplo: llevaba puestos unos pantalones de pierna recta, un blazer de gabardina azul, una

Glock en la funda sobaquera y zapatos planos de lazos. Me quedé parada en la zona del bar, volteando la cabeza lentamente mientras buscaba a mis mejores amigas.

–Lindsay. Hola.

Cindy Thomas me saludó con la mano desde una mesa acomodada debajo de la escalera en espiral. Le devolví el saludo y me dirigí hacia ese hueco dentro de un recoveco. Claire Washburn llevaba puesto un sobretodo encima del uniforme de hospital, con un *pin* en la solapa que decía APOYEMOS A NUESTRAS TROPAS. Se quitó el abrigo y me dio un abrazo y medio.

También Cindy llevaba puesta la vestimenta de trabajo: pantalones de pana y un suéter grueso, con un piloto de marinero colgado sobre el respaldo de la silla. De asomarme bajo la mesa, estoy segura de que habría visto unas botas con punta de acero. Cindy era una reconocida reportera de nota roja, y llevaba puesto su atuendo de sabueso para el trabajo.

Me sopló un par de besos, y Yuki se levantó para dejarme su asiento y darme un tronido de labios con aroma a jazmín en la mejilla. Era claro que llegaba del juzgado, donde trabajaba como abogado defensor *pro bono* para los pobres y desamparados. Aún así, estaba vestida impecablemente, con tela de raya diplomática y perlas.

Tomé la silla frente a Claire. Ella se sentó junto a Cindy y Yuki, de espaldas al salón, y todas nos apiñamos alrededor de la mesita de vidrio y cromo.

Por si no lo había dicho, las cuatro conformamos una cooperativa del alma, corazón y trabajo, en la que compartimos nuestros casos y visiones del sistema legal, además de nuestras vidas personales. En este momento, las chicas estaban preocupadas por mí.

Tres de nosotras –Claire, Yuki y yo– estábamos casadas, y Cindy tenía en pie una propuesta para intercambiar anillos y votos en la catedral Grace. Habría sido imposible ver hasta hace muy poco a un grupo de cuatro mujeres más felices con sus parejas. Y luego se desfondó mi matrimonio con Joe Molinari, el padre de mi hija y el hombre con quien compartía todo, secretos incluidos.

Era tan buena nuestra vida que nos besábamos y hacíamos las paces antes de que terminaran nuestras peleas. Era el típico "Tienes razón", "¡No, tú la tienes!".

Luego Joe desapareció durante lo que posiblemente fueran las peores semanas de mi vida.

Soy detective de homicidios, y sé cuando alguien me dice la verdad y cuando no me cuadran las cuentas.

No me cuadraron las cuentas de que Joe estuviera desaparecido en acción. Por eso me preocupé tanto que casi entré en pánico. ¿Dónde estaba? ¿Por qué no se había puesto en contacto? ¿Por qué no entraban ya mis llamadas a su correo de voz, de tan lleno que estaba? ¿Seguía vivo?

Mientras se desenmarañaban los hilos entrecruzados del espionaje, la destrucción y los asesinatos en masa, Joe finalmente apareció para la ovación final con historias de sus vidas pasadas y presentes que yo no nunca antes había escuchado. Encontré bastantes razones para ya no confiar en él.

Hasta él estaría de acuerdo. Creo que cualquiera lo estaría.

No es ninguna novedad que cuando se pierde la confianza resulta bastante difícil volver a pegarlo todo con maldito pegamento. Y a mí podría tomarme más tiempo y fe en la confesión de Joe de la que en realidad tenía.

Yo todavía lo amaba. Comimos juntos cuando vino a ver a nuestra bebé, Julie. No hicimos nada para empezar el proceso de divorcio esa noche, pero tampoco hicimos el amor. Ahora nuestra relación era como la Guerra Fría de los años ochenta entre Rusia y Estados Unidos, una paz tensa pero práctica conocida como distensión.

Ahora, sentada con mis amigas, traté de arrancar a Joe de mi mente, segura en la certeza de que la nana cuidaba a Julie y que el frente hogareño estaba a salvo. Pedí mi bebida navideña favorita, un ron caliente a la mantequilla, y un sándwich de filete al punto con la salsa de chile picante del tío Maxie.

Mis amigas estaban inmersas en un intercambio de opiniones criminalísticas sobre la sobrecarga vacacional de cadáveres de Claire, el nuevo caso sin resolver de Cindy, exhumado del archivo muerto de cartas del *San Francisco Chronicle*, y el esperado veredicto favorable de Yuki para su cliente, un *dealer* menor de edad. Casi me había puesto al día cuando Yuki dijo:

–*Linds*, te tengo que preguntar: ¿tienes planes para Navidad con Joe?

Y fue entonces que me salvó la campana. Sonó mi celular.

Mis amigas dijeron al unísono: "CERO TELÉFONOS".

Era la regla, pero la había olvidado... de nuevo.

Hurgué en mi bolsa para encontrarlo mientras decía:

–Miren, lo estoy apagando.

BOOKSHOTS

Esta obra se imprimió y encuadernó
en el mes de septiembre de 2017,
en los talleres de Impregráfica Digital, S.A. de C.V.,
Calle España 385, Col. San Nicolás Tolentino,
C.P. 09850, Iztapalapa, Ciudad de México.